中国民间故事丛书

神秘的泉水

祁连休 主编

河北出版传媒集团

河北教育出版社

图书在版编目（CIP）数据

神秘的泉水 / 祁连休主编. -- 石家庄：河北教育出版社，2023.2
（中国民间故事丛书）
ISBN 978-7-5545-7162-0

Ⅰ.①神… Ⅱ.①祁… Ⅲ.①民间故事 – 作品集 – 中国 Ⅳ.①I277.3

中国版本图书馆CIP数据核字(2022)第146109号

神秘的泉水
SHENMI DE QUANSHUI

主　　编	祁连休
策划编辑	郝建东
责任编辑	刘书芳　张翼成
封面插图	李　奥
内文插图	叶克明
插图顾问	祁春英
装帧设计	李　奥　边雪彤
音频录制	王磊磊
出版发行	河北出版传媒集团

河北教育出版社　http://www.hbep.com
（石家庄市联盟路705号，050061）

印　　制	河北新华第一印刷有限责任公司
开　　本	880mm×1230mm　1/32
印　　张	5.875
字　　数	103千字
版　　次	2023年2月第1版
印　　次	2023年2月第1次印刷
书　　号	ISBN 978-7-5545-7162-0
定　　价	29.00元

版权所有，翻印必究

致小读者

亲爱的小读者,我们的祖国是一个历史悠久,幅员辽阔,民间文化十分丰厚的多民族国家。千百年来,民间流传着许许多多优美动听的故事,它们多彩多姿,各具特色。我们奉献给大家的这套中国民间故事精选,分为《阿里和他的白鸽子》《牧人和雪鸡》《神秘的泉水》《日月潭的独木舟》四册,总共收入一百二十多篇民间故事。通过这些作品,可以窥见我国民间故事宝库的风采。

这些民间故事内容广泛,思想意蕴比较深刻,富有哲理性。例如,颂扬圣人孔夫子襟怀坦荡,知错能改的《孔子改错》;称赞鲁班善于启发同行,潜心发明创造的《鱼抬梁和土堆亭》;描写小伙子阿里乐于助人,敢于担当,因而获得爱情与幸福的《阿里和他的白鸽子》;褒扬团结互助,对抗邪恶,最终制服母猪龙的《雕龙记》;赞美糖枣儿人小志大,为保卫家乡奋不顾身的《糖枣儿》;等等。书中的故事都能够一次次触动读者，给读者以启迪、教益和激励。

　　这些民间故事，情节曲折有趣，形象鲜明，艺术性强。例如，讲述具有神力的雪鸡让贪婪凶恶的女人不能得逞，帮助穷苦牧人过上了好日子的《牧人和雪鸡》；揭露皇帝想害死淌来儿，派他去取太阳姑娘的金发，他沿途不断解救别人，皇帝最终受到惩罚的《淌来儿》；赞美神藤老人热心扶持孤儿那琼，使其过上幸福生活，并且惩罚了贪婪霸道的帕公爷的《神藤》；称颂鸡蛋、青蛙、锥子、剪刀、牛粪、碌碡，同情老阿奶，联合起来一起消灭妖怪的《求救的老阿奶》；等等。书中的故事无不引人入胜，给读者带来欣赏民间故事的满足感和艺术熏陶。

　　这些民间故事五彩斑斓，富有浓郁的地域风情。例如，叙写雄合尔老汉的三个聪明儿子雪夜追盗，凭着蛛丝马迹准确判断出偷牛贼的各种特征和家庭情况，受到汗王夸奖的《三个聪明的兄弟》；讲述老公公在神秘的泉水里得到许多宝物，朋友要骗走却没能得逞，国王想夺宝照样遭到惨败的《神秘的泉水》；称颂少年英雄奋不顾身保卫家乡，为了斩除九头毒蟒流尽最后一滴鲜血的《石良》；描绘五个猎人在日月潭制作独木舟，捕获白鹿，回家时受到全村社热情迎接的《日月潭的独木舟》；等等。读者在欣赏作品时，可以饱览天南地北的山川风貌，领略不同地域的民情民俗，更加热爱祖国，珍惜各民族团结。

这些民间故事，富有想象力和趣味性，在读者眼前展现出千奇百怪的动物世界：讲述弱小的墨鱼征服横行霸道的鲸鱼的《鲸鱼和墨鱼》；描写轻信狐狸的花言巧语，山羊竟落入陷阱的《轻信的山羊》；描写依靠伙伴们的全力帮助，小小绿豆雀终于战胜大象的《绿豆雀和大象》；描写辣蚂蚁让憨斑鸠丢失笛子，画眉雀得到笛子后叫声格外动听的《憨斑鸠与辣蚂蚁》；描写众好友智斗狡猾的耗子，替受欺凌的蛤蟆报仇雪恨的《蛤蟆吞鱼子》；等等。每一篇故事都活泼风趣，让读者爱不释手。

还需要指出的是，本书中的许多作品是由国内一批知名的民间故事采录家搜集的。他们是萧崇素、肖甘牛、董均伦、江源、孙剑冰、李星华、陈玮君、黎邦农、张士杰、芒·牧林、汛河、马名超、隋书今、王士媛、廖东凡、赵燕翼、陶学良、诸葛珮、邱国鹰、宋孟寅、忠录、杨世光、朱刚、李友楼、蓝天、丹陵、于乃昌等。在欣赏这些优美动听的民间故事时，应当记住他们和所有采录者的辛劳。

丛书四册配有大量插图。一幅幅精美的插图，增添了读者视觉审美的愉悦，增强了阅读民间故事的兴味。不仅如此，全书中每一则民间故事都配有朗读录音，让读者欣赏民间故事时还能获得听觉审美的乐趣。总之，为了出好这套中国民间故事丛书，河北教育出版社倾注全力，调动各种艺术手段，取得了很好的效果，令人感佩。

祁连休

2022 年 12 月

目录

老白马的故事	001
金背银胸的孩子	006
阿日尔佗	013
神秘的泉水	020
两娘母的故事	027
青蛙花	031
知了的肚子为什么是空的	037
沙黑力和金鱼	040
黑衣人	043
金毛狗	047
老人为什么受尊敬	054
鹦哥的故事	059

白兔断案	067
凤凰治龙王	071
一条缰绳的故事	077
孤儿遇仙	083
愚蠢的国王	091
姐姐和弟弟	097
宝马斗魔鬼	103
金凤凰	109
三邻舍	117

神箭手射雁　　　　　　　124

珠子降龙　　　　　　　　130

失去亲妈的姑娘　　　　　135

坛嘎朋　　　　　　　　　144

小乌热找阿妈　　　　　　152

绰绰　　　　　　　　　　162

蛤蟆吞鱼子　　　　　　　167

皮休嘎木和他的儿子　　　173

智勇双全的两兄弟　　　　176

老白马的故事

从前，都尔庄上住着老两口，老两口有个闺女叫尕金。他们家很穷，堂屋里供了个山神爷，屋檐下养了匹老白马，其他什么也没有了。

老两口待尕金亲得很，放在手心怕飞了，含在嘴里怕化了，整天给山神爷烧香磕头，保佑给尕金寻个好女婿。

尕金待老白马也亲得很，草铡长了怕伤着它的牙，水凉了怕凉着它的肚子，热天给它刷毛，冬天给它披毡，疼得什么似的。白马也通人性，尕金一来，它就用舌尖去舔她手上的泥，亲热得很哩！

一天，老两口烧香燃烛，跪在山神爷面前，求山神爷给尕金寻个好女婿。有个黄狼精藏在山神爷背后说："老头老婆听着，三天后有个骑黄马穿黄衣的人来你家，他就是你们的好女婿。"

老两口正在烧香磕头，听得山神爷说了话，惊得目瞪口呆，半晌说不出话来，但后来一听，三天后要来一个穿黄衣服的好女婿，也算遂了心愿。

尕金知道这事后，愁得茶不思，饭不想，整天皱着眉头，不知是个啥样女婿，更舍不得离开爹娘和老白马。这天她牵马到河边来饮水，对老白马伤心地说："老白马呀，老白马！三天后我就不能牵你来饮水了，我心里多难受哇！"

这时老白马抬起头来，长长地叫了一声，那声音就像人伤心时的哭声。接着，老白马忽然对尕金说起话来："可怜的尕金啊，三天后那个穿黄衣服的人，是黄狼精变的，它要把你骗到妖魔洞去，吃掉你。"

尕金听说是妖怪，搂着马脖子，就哭起来了。她越哭越伤心，眼泪就像断线的珍珠一般，扑簌簌地掉下来，把浑身的衣服都弄湿了。老白马又舔着她的手说："尕金，你别伤心，我脖子上有一根最粗最长的白毛，你拔下来藏在怀里，妖精要吃你时，你就把这根白毛折断，天上会响起一声炸雷，我就来救你。"

尕金不再哭了，她照着老白马的吩咐，拔下那根又粗又长的白毛藏在怀里。

第三天到了，老两口高兴得一整夜合不上眼，大清早就起来打扫房子，准备迎接贵宾，只有尕金闷声不响，眉头还是锁得紧紧的。没有多大工夫，一个骑黄马、穿黄衣服、尖下巴、灰眼仁的男人带着许多金银、绸缎财礼娶亲来了。老

老白马的故事

两口赶快出门去迎客。这个尖下巴、灰眼仁的男人，把财礼交给老两口，也不进屋里去坐坐，二话没说就把尕金接走了。

老两口见女婿有钱很高兴，但看到女婿那副神态，连话都不让给尕金说说，也不让老两口送路就走了，又非常伤心。后来，老两口知道这男人待尕金不好，整天忧心，不久就死了。

黄狼精用牲口驮着尕金姑娘，走哇走哇，不知走了多远。尕金只记得过了十二条大河，翻了十二座高山，十二次太阳出来，十二次月亮落下。这时，他们来到一个草木不生的荒山野岭里，半山腰有个大石洞，黑森森的看不见洞底。黄狼精把尕金驮进洞口，叫来了狼子狼孙。狼崽子们围着尕金姑娘，嗷嗷地直叫，这个说我要吃她的腿，那个说我要吃她的手。吓得尕金姑娘缩成一团，浑身打战。这时老黄狼精说话了，它叫狼崽子们去拾柴火烧锅，今天晚上大伙一起吃尕金。

天渐渐黑下来了，灶里的火烧得呲呲地响，火苗蹿起来丈多高，锅里的水开得哗哗地响，水柱冲到洞顶。这时尕金想起老白马对她说的话，就对黄狼精说："我要到茅房去。"黄狼精怕尕金跑了，便和她一道走出山洞来。

尕金来到洞外，从身上摸出长白毛来，一折两段。只听得半空中轰隆一声巨响，火光四射，烟火中飞下一匹白马来，驮起尕金姑娘，又向烟火中飞去。黄狼精被这雷声和火光吓得魂飞魄散，赶忙躲进山洞里。

这时老白马驮着尕金姑娘，飞呀飞！尕金姑娘紧闭着眼，只听得耳边风声呼呼直响。不多一会儿，风声渐渐小下来，尕金睁眼一看，老白马把她驮到一个生疏的地方。尕金忙问："喂，老白马，你为什么不驮我回家，却驮到这个生疏的地方？"老白马流着眼泪把爹娘死去的消息告诉了她，末了，老白马收住泪对尕金说："东边有个庄子，庄口上有株白杨树，底下有人家，那里以后就是你的家了。"

尕金姑娘听说爹娘去世，伤心地哭起来了，眼泪连成线，像个泪人儿一般。老白马劝尕金说："好姑娘不要哭，我眼睛里的眼屎你取去，必能治百病，我的阳寿该终了。"

尕金取下老白马的眼屎，老白马化为一阵烟尘就不见了。尕金伤心得很，哭了一阵后，只得朝东边的庄子走去。

来到庄口大杨树下的人家门口，只听得门内传来一阵哭声，尕金觉得奇怪，连忙进屋去问怎么回事，一个老阿奶哭着告诉她："我的儿子尕保，病重得很，不知啥时候才能治好。"

尕金连忙拿出老白马的眼屎来治尕保的病，第二天尕保的病就好了。

尕金和尕保配成一对，过着十分幸福的日子。自从有了尕金这事以后，当地姑娘出嫁时，都爱骑匹白马到婆家去。

青中师　搜集整理

金背银胸的孩子

很早很早以前,有一个猎手,名叫哲尔迪莫日根。

有一次,他要到远处去打猎,临走前问三个妻子[1]:"当我回来的时候,你们打算各拿什么礼物迎接我呀?"

大妻子说:"我想给你缝一件有七十二颗扣子的貂皮袄。"

二妻子说:"我准备给你做一双八棱靴子。"

正怀着孕的三妻子说:"我想给你生一个金背银胸的男孩子!"

哲尔迪莫日根听了,再三嘱咐大妻子和二妻子,要她俩好好照顾三妻子。大妻子和二妻子怕她真的生下个男孩子,会得到哲尔迪莫日根的加倍宠爱,立刻产生了嫉妒心。因此,等哲尔迪莫日根走后,她俩便商量好,如果她生下男孩儿,那就把他除掉。

三妻子眼看要临产了,就问两位姐姐:"生孩子的时候,

---

[1] 在当地古代有过一夫多妻制。

都该怎么办？"

大妻子眨巴着眼说："哎呀！生孩子可不是那么简单的事，要用胶水粘住眼睛，用铅水灌堵耳朵……"

二妻子不等大妻子说完，便插上了嘴："生的时候，最好住到牛棚里去，这样就生得顺利！"

这天，三妻子要临产了，两个狠心的姐姐，把她按倒在炕上，用胶水粘住了她的眼睛，用铅水灌堵了她的耳朵。接着，又把她拉到牛棚里去了。不一会儿，三妻子果真生了一个男孩子，腰背是金晃晃的，胸脯是银闪闪的。可是，孩子刚落地，两个泼妇就把他弄死了。为了不让孩子活过来，她俩又让一头乳牛把孩子吃了。

然后，她俩又弄来一只狗崽子扔给三妻子说："给你，看你生了个什么？多丢人哪！"

三妻子一摸，是个狗崽子，她惊叫一声，昏倒在地。

过了些日子，哲尔迪莫日根回来了。大妻子和二妻子高高兴兴地各自拿出准备好的礼物迎接他，就是不见三妻子。

哲尔迪莫日根问道："她生了金背银胸的男孩子，正在坐月子吧？"

大妻子、二妻子说："哼！她还能抱着金背银胸的男孩子来接你？等她把生下的狗崽子抱来吧！"

哲尔迪莫日根听了这话，进屋一看，只见三妻子抱着一个狗崽子。他大失所望，就把三妻子打发到厨房去住了。

没过多久，乳牛生下了个金背银胸的小牛犊。哲尔迪莫日根有些奇怪，为什么这牛犊却应了三妻子的话？他越看越觉得这牛犊很可爱，便把它当亲生的孩子一样看待。牛犊对他也十分亲热，不是用头往他身上顶着玩，便是用舌头舔他的手。大妻子和二妻子见了，心里很不痛快，知道这是乳牛吃了金背银胸的孩子后生的牛犊，天长日久，是个祸根。因此，她俩又想方设法要杀掉这只牛犊。

一天，大妻子贿赂了一位叫达日贡达的巫师，便装病躺在炕上哼哼。她将染红的棉花含在嘴里，当着哲尔迪莫日根的面吐出一口红水来，说是吐血了。哲尔迪莫日根没有办法，只得请来了达日贡达巫师。

达日贡达看了看他的大妻子，对哲尔迪莫日根说："唉，她这病只有用金背银胸的牛犊祭神才能好！"

哲尔迪莫日根虽说舍不得牛犊，可是救命要紧呀，只得同意将它祭神。一切准备停当，屠夫拿着斧子奔向牛犊。正在这时，突然，刮来了一阵黑旋风，只刮得天昏地暗，屠夫也不得不跑进屋来。风停了，人们出去一看，牛犊却无影无踪了。

原来，这阵风是山神爷白那查刮起的。好心的白那查把牛犊卷到山里来，让它变成了金背银胸的男孩子。这孩子很

金背银胸的孩子

快就五六岁了,还非常聪明。一天傍晚,白那查告诉他,住在山下的哲尔迪莫日根是他的父亲,又告诉他被害的经过,然后说:"孩子,现在我把你送到一个穷人家,不久你会遇见父亲的。"

于是,白那查背着他,一阵风就把他送下山。金背银胸的孩子睁眼一看,自己站在一户人家门前呢!他一看天快黑了,便敲门借宿。不一会儿,走出老两口,把他让进屋。老两口问知他是无家可归的孩子,就把他认作儿子收养下来。

有一天,哲尔迪莫日根出外打猎,因为天黑前赶不回家,就来到老两口家借宿。他一看,老两口有个男孩子,就一面逗着他玩儿,一面向他问这问那。这孩子对答如流,很是惹人喜欢。后来,哲尔迪莫日根让孩子讲个故事给他听听。

这孩子大眼珠一转,说:"好吧!我就讲个故事给你听,这故事可长呢,只怕你听不下去。"

哲尔迪莫日根忙道:"听得下去,听得下去,你讲吧!"

这男孩子就讲开了:"前几年哪,有一个有名的猎手,他有三个妻子。他那大妻子和二妻子,心眼儿可坏啦。有一回,猎手上山打猎……"

这孩子讲得娓娓动听,说到伤心处,便淌下眼泪,说到那猎手的大妻子和二妻子的毒辣手段,就咬牙切齿。哲尔迪莫日根听着听着,心想:这孩子讲的不正是我家里的事情吗？但他还有好多事不明白：我那三妻子真的生过一个金背银胸的男孩儿？我那大妻子、二妻子是不是蒙骗了我？

当他正听得入神的时候，小孩子不往下讲了。他又问故事里的猎人叫什么名字？那金背银胸的孩子以后怎么样了？现在在什么地方？可是这孩子只是摇摇头不肯说。哲尔迪莫日根听了他这半截儿故事，一夜也没入睡。

第二天早上，哲尔迪莫日根想了个办法，说他很喜爱这孩子，求老两口让孩子到他家玩儿几天。老两口没有拒绝他的请求，便满口答应了。

哲尔迪莫日根把孩子带回家里，晚上又让他讲昨晚讲的故事，让大妻子、二妻子也坐着听。这孩子好像懂得哲尔迪莫日根的意思一样，把故事讲得很出神。大妻子和二妻子听了半截儿，便心跳脸烧，手脚不知往哪儿放。

大妻子站起来，对哲尔迪莫日根说："快去睡吧，一个小孩子讲的故事有啥好听的？"

哲尔迪莫日根恼了，眼一瞪，她只好又坐了下来。她俩硬装出与这个故事无关的样子，耐着性子听下去。

小孩子边讲边哭，他讲述了金背银胸的孩子的遭遇，哭诉了他妈妈的悲怨。哲尔迪莫日根听得心如刀割，眼泪不住地往下淌。

他连声问道："孩子，你的故事捣碎了我的心啊！你快给我说说，现在那个金背银胸的孩子在哪里？你是咋知道这些事情的？"

于是，这孩子说："你若脱掉我的上衣，那就全明白啦！"

哲尔迪莫日根急忙脱下孩子的上衣，屋子一下子被照得金灿灿银闪闪。大妻子和二妻子一见金背银胸的男孩子就在眼前，吓得面如土色，偷偷溜了出去。

哲尔迪莫日根全明白了，把孩子紧紧抱在怀里说："我的孩子，什么都怨我，我是让黑布蒙住了眼睛，叫魔鬼迷住了心窍！"

说完，他将孩子领到厨房去见他的三妻子。孩子一看，妈妈耳朵聋了，眼瞎了，变得痴痴呆呆的。他不禁抱着妈妈的脖子，放声痛哭起来。哭呀哭呀，孩子的眼泪，洒在他妈妈的眼睛上，妈妈慢慢地睁开了眼睛；淌在他妈妈的耳孔里，妈妈听得见了。她不住地抚摸着孩子的头发，半天才说："我的孩子！你回来了！天哪！我的苦命的孩子……"

她抱着儿子，眼泪像泉水一样涌了出来。

于是，哲尔迪莫日根赶走了大妻子和二妻子，又带着儿子到那老两口家说明了实情。从此，哲尔迪莫日根同三妻子、金背银胸的儿子团聚在一起，过上了幸福的生活。

呼思乐　孟志东　赵永铣　搜集整理

阿日尔佗

听说在很久以前,有一个叫阿日尔佗[1]的年轻人。他年龄虽然小,个子不太高,但长得像熊一样墩实,像虎犊一样勇敢。他那两只明亮的眼睛,看上去有一股无穷的智慧和力量,全艾勒[2]人都为他感到骄傲和自豪,都夸他是达斡尔人的好后生。

阿日尔佗的艾勒坐落在一个依山傍水的地方。艾勒南面是一条小河,北面、东面、西面都是大山。小河里有鲫鱼、鲤鱼、鲇鱼、鳌花鱼,北山和西山有野兔、野鸡、狍子、狐狸,东山里有獐、犴、梅花鹿。可是,这几年,东山上不知从哪儿来了一只大黑瞎子,蹲在东山口一棵大树墩子上,谁也不敢靠近它,艾勒里有好几个出名的莫日根[3]都想除掉它,反而全被它所害。就因为这事儿,全艾勒人这几年眼瞅

---

[1] 阿日尔佗:智星。
[2] 艾勒:屯子。
[3] 莫日根:猎人。

着野鹿、犴达罕打不着，又没有一个莫日根能除掉它，愁得没法。

　　这一年，阿日尔佗已经十六岁了。眼见艾勒里有好几个出名的莫日根都死在大黑瞎子身上，他心里想：我年龄虽然还小，可我也是男子汉了，也应该去除掉这个害人的畜生。就在刚要入冬的一天，他找到艾勒大[1]请求说："尊敬的艾勒大老爷爷，请您老人家准许我去除掉大黑瞎子，为那些死去的莫日根报仇，为全艾勒去除害吧。"艾勒大看他还是一个孩子，就以长者的口吻说："孩子，你年龄小，个子不高，力气也不大，打猎的本领还没有学好，还是回家去吧。"阿日尔佗还是恳求说："艾勒大老爷爷，您就准许我去吧，我不去，别人不同样是去吗？我不死，别人不同样是死吗？如果我能除掉这个害人的畜生，那不是更好吗？"艾勒大看他那个恳切认真劲儿，实在没有办法了，一边转身从墙上摘下一张强弓，一边叨咕着说："孩子，我得看看你的力气有多大，你如果能拉开我这张强弓，我就准许你去。"阿日尔佗一听就明白了，双手接过强弓，一边拉弓，一边说："您老人家说话可得算数啊。"说话间，阿日尔佗一下子把弓拉圆了。艾勒大没想到阿日尔佗小小年纪竟有这么大的力气，

---

[1] 艾勒大：屯长。

他没将住阿日尔佗，反而把自己给将住了，只好准许他去了。阿日尔佗觉得自己不再是一个孩子，而是一个真正的男子汉了。

阿日尔佗去打大黑瞎子的那天，全艾勒不管男女老少都来为他送行了。人群里有为他端来酒送行的，有嘱咐他的，有为他担忧落泪的，也有为他向山神爷白那查祈祷保佑的。阿日尔佗向艾勒里的父老乡亲们一一告别后，背弓挎箭囊，腰间别上猎刀，带上猎斧，骑上自己的白蹄铁青马向东山口跑去了。几袋烟的工夫，他到了东山口，离老远就影影绰绰看见大黑瞎子蹲在一棵大树墩子上。阿日尔佗在离大黑瞎子七八十步远的地方，抖动缰绳，两脚一夹马肚子，铁青马就像离弦的箭一样向黑瞎子奔去。离大黑瞎子还有四五十步远的时候，阿日尔佗抽出事先预备好的木头疙瘩猛地向大黑瞎子扔去，木头疙瘩砸在大树墩子上发出"咚"的一声，把大黑瞎子吓了一跳，可是没伤着它，它也没动地方。这工夫，阿日尔佗骑着马朝另一个方向跑过去，回艾勒里去了。

阿日尔佗回到艾勒里以后，不管男女老少，都来打听打死大黑瞎子没有。阿日尔佗回答说："我这次没有打死大黑瞎子，我打死它，得要三天的工夫。"艾勒里的人听说没打死大黑瞎子，有的说他小小的年龄尽说谎话，没有本事还逞能，也有的说一个孩子能活着回来就行了。

第二天，阿日尔佗又要去东山口打大黑瞎子。可是，不再像第一天那样，没有向他嘱咐的，也没有为他祈祷的，只有艾勒大老人安慰他。阿日尔佗骑上铁青马到了东山口，离老远影影绰绰就看见大黑瞎子还蹲在那棵大树墩子上，他心里想：今天我再靠近一点儿，再给它一次错觉。这工夫，就离大黑瞎子四五十步远了。他抖动缰绳，两腿一夹马肚子，那铁青马就像飞起来一样快，在离大黑瞎子十几步远的地方，他抽出猎斧猛地向大树墩子扔去。那斧子深深地扎进树墩子里，发出闷重的声音，把悠闲自在地蹲在树墩子上的大黑瞎子吓得打了一个冷战。于是阿日尔佗骑着马朝另一个方向跑过去了。大黑瞎子一看阿日尔佗又没有伤害它的意思，就眯起眼睛瞅着阿日尔佗骑着马跑走了。天傍黑的时候，阿日尔佗回到艾勒。他找来一根一丈多长、碗口粗的柞木棒子，又把杀猪刀磨得直闪寒光，一瞅直晃眼睛。这工夫三星都快到大门口了，他才躺下睡觉了。

第三天，一清早儿，阿日尔佗背上弓，挎上箭囊，把柞木棒子挂在马鞍子上，腰上别着猎刀，牵着铁青马，到艾勒大老人和乡亲们那里告别去了。阿日尔佗对艾勒大老人和乡亲们低声地说："我这次进东山，可能打死大黑瞎子，也可能死在大黑瞎子身上，艾勒只要听到三声箭响，就派人进东山拖大黑瞎子去，如果听不到三声箭响就不用去，那就是我

阿日尔佗

死了。"艾勒大老人和乡亲们听阿日尔佗这话,才知道他今天要动真格儿的了。这工夫,人群里有人为他偷偷落泪,有人为他祈祷。艾勒大老人吩咐人倒了满满一碗酒,眼噙热泪地说:"孩子,喝了这碗酒吧,白那查会保佑你的。"阿日尔佗这时候扫了一眼乡亲们,又瞅了一眼艾勒大老人,双手捧过酒一口气喝下去。阿日尔佗谢过艾勒大老人和乡亲们以后,把铁青马的鞍肚带紧了三紧,飞身上马往东山口去了。

　　阿日尔佗刚进东山口,就影影绰绰地看见大黑瞎子还是呆呵呵地蹲在大树墩子上。这时候,阿日尔佗抖动缰绳,猛地一夹马肚子,两腿直立在马镫子上。那铁青马就像通人性似的,跑起来四蹄生风,就像天马飞起来一样。这时阿日尔佗直奔大树墩子去了。大黑瞎子误认为阿日尔佗还是不敢伤害它,一直到马快要跑到它跟前,还是纹丝不动。就在铁青马刚刚靠近大树墩子的节骨眼儿上,阿日尔佗运足平生的力气,抡起那根大柞木棒子,照着大黑瞎子的脑袋狠狠地就是一棒子。这一棒子打得可不轻,大黑瞎子"嗷"的一声怪叫起来,血就顺着它的眼睛、鼻子、耳朵、嘴淌出来了,疼得它跑下大树墩子就跟头把式地撵阿日尔佗去了。

　　阿日尔佗骑着铁青马一口气儿跑出十多里地,回过头来一瞅,大黑瞎子就在他后边七八步远的地方打磨磨呢,跑也跑不动了,眼睛也瞅不着什么了,在那块儿乱扑乱打呢。他心里话，好险，如果马跑得再慢一点儿，我这条小命就交待了。这时，他悬起来的心才放下来，勒回马头跑到大黑瞎子跟前，抡起柞木棒子又给了一棒子。这回大黑瞎子真被打蔫了，不扑不打躺在地上光喘气。阿日尔佗一看时候到了，才从马上跳下来，走到大黑瞎子跟前，抽出猎刀照着大黑瞎子心窝狠狠地捅了进去。大黑瞎子只是哼哼两声就没气儿了。阿日尔佗这才长出了一口气，随后接连射出了三支响箭，他也累得瘫在地上了。

艾勒大老人和乡亲们听到三声箭响，知道阿日尔佗把大黑瞎子打死了。几个青年骑马到离大黑瞎子百十步远的地方，不敢往前走了，直到阿日尔佗用脚踢着大黑瞎子招呼他们，这几个青年才过来把大黑瞎子拖回艾勒里。艾勒大老人和全艾勒人一看阿日尔佗真的把大黑瞎子打死了，为全艾勒人除掉了这个害人的畜生，高兴地跳起了罕伯舞，唱起了讷耶歌，沉默了好几年的艾勒终于热闹起来了。打那以后，全艾勒人都说阿日尔佗是达斡尔人的扎罗巴图鲁[1]。

阿登布库　搜集整理

---

[1] 巴图鲁：当地意为勇士。

神秘的泉水

很早很早以前,有一位老公公和一位老婆婆,依靠卖拾柴过日子。每天,老公公外出拾柴时,老婆婆就给他烧一个油饼带去。

有一天,老公公又去拾柴,来到一个风景优美的泉边。老公公累了,坐在泉边打起盹儿来,睡梦里猛然听见:"老公公!快起来,请捞起这个东西吧!"老公公定睛一看,只见泉水中间有一把扫帚在忽闪忽闪地打转儿。老公公道:"我要那么一把光秃秃的扫帚有什么用呢?"泉水深处传来了这样的回答:"只要你说声'扫帚开吧!',扫帚就会给你许多珍贵的宝贝。"

老公公听了非常高兴,捞起了扫帚。为了继续去拾柴,老公公把扫帚寄放在他的一个最好的朋友家里,嘱咐他:"这把扫帚暂时放在你家里。请你千万不要对扫帚说:'扫帚开吧!'"说完,老公公便拾柴去了。

等老公公走后,那朋友觉得老公公说的话很奇怪,便对扫帚说道："扫帚开吧！"霎时，很多五光十色的珍珠、玛瑙从扫帚把儿上滚出来。他赶快收拾起这些宝物。这时，老公公来取扫帚，那朋友却把另外一把扫帚交给了老公公。

老公公回到家里，把扫帚的来历给老婆婆讲了一遍，而后对扫帚说道："扫帚开吧！"老公公和老婆婆睁大眼睛瞪了大半天，没有一点儿动静。老公公生气地对老婆婆说道："你给我烧油饼吧！"

第二天，老婆婆烧好油饼，包在腰带里。老公公系上腰带，又到泉边去了。他坐在泉边，又打起盹儿来，梦里忽然又听见："老公公！快起来，请把这个捞起来吧！"老公公一看，原来泉水中间有一根木尺子。老公公道："那么一根木尺子，我要它有什么用呢？"

木尺子在水中，咕噜咕噜地旋转，水底深处发出回答的响声："当你需要布的时候，就对尺子说'尺子，尺子，请量布吧！'，这时，你就会得到穿戴不完的绫罗绸缎。"

老公公带上尺子，又到那朋友的家里去："这尺子暂时放在你家里，请你不要对尺子说：'尺子，尺子，请量布吧！'"老公公走后，那朋友对尺子说："尺子，尺子，请量布吧！"顿时，整匹整匹光闪闪的绸子、缎子，在尺子上飞来舞去，很快就把房子堆满了。

一会儿，老公公来取尺子，那朋友却把另外一根木尺子给了老公公。

老公公把木尺子放在老婆婆面前，对尺子说道："尺子，尺子，请量布吧！"等了半天，还是一点儿动静也没有。老公公生气地说道："你给我烧油饼吧！"

第三天，老婆婆把油饼烧好，包在腰带里。老公公系上腰带又到泉边去了。他坐在泉边，又打起盹儿来，在梦里猛听见："老公公！快起来，请打捞这个东西吧！"老公公睁开眼睛一看，泉水中间有一只泥碗在滴溜滴溜地旋转。老公公道："我要那么一只空碗有啥用呢？"

泉水深处发出这样的回答："只要你说'要抓饭！'，碗里就会有抓饭给你吃。"

老公公捞起那只泥碗，又到朋友家里寄放，临走时对朋友说："请你千万不要对泥碗说'要抓饭！'就是了。"

老公公走后，那朋友知道这又是一件宝贝，便对碗说："要抓饭！"霎时，泥碗里长出了热腾腾的抓饭、两块油渍渍的肥羊肉，发出喷鼻的香味儿，他们全家大大小小美美地吃了一顿。一会儿老公公来取泥碗，那个朋友却把另外一只给了老公公。

老公公带上泥碗回到家里，对泥碗说道："要抓饭！"又是好长时间，泥碗仍然是空空的。这一次，可把老婆婆给惹怒了，说道："我每天给你烧油饼子吃，你却连一根柴火

神秘的泉水

也捡不回来，叫我怎么做油饼呢！你还在想尽办法欺骗我。"说着，便叫嚷起来。

老公公劝说道："你不要生气，我明天一定要把其中的秘密找出来。"

老婆婆依从了他，第四天又烧了油饼，包在腰带里。老公公系上腰带又到泉边去了。他坐在泉边，打起盹儿来，梦里只听见："老公公！快起来，请捞起这个东西吧！"

老公公一看，是一个大南瓜，比枕头还大，在泉水中咕噜咕噜地翻滚着。老公公道："我要这个南瓜有什么用呢？"

泉水深处回答老公公："只要你对南瓜说'出来吧！'，你便会从南瓜里得到你所需要的一切东西。"

老公公捞起大南瓜，寻思了半晌，对南瓜说道："出来吧！"突然"叭"的一声，南瓜裂成了两半，瓜瓤飞溅，无数的棒子冲着老公公打来。老公公赶忙说道："进去，进去，快进去！"霎时，棒子不见了，南瓜成了原来的样子，看不到缝儿，和以前一模一样了。

老公公双手抱着大南瓜，去到那个朋友家里说道："请你不要对南瓜说：'出来吧！'"

那朋友几次占到了便宜，现在又见老公公给自己送来个大南瓜，从心底里高兴，便摆筵席，招待老公公。

筵后，老公公困倦了，睡起觉来。那朋友见老公公睡去，便叫自己家里人围在南瓜旁边。他对南瓜说："出来吧！"这时，南瓜里噼啪一阵轰响，瓜瓤飞起，变成无数的木棒，直飞向人们的头上、身上打去。霎时，他们被打得头破血流，有的眼珠也被打得掉下来了。

老公公被棍棒的声音惊醒了。

那朋友道："老公公，求你饶了我的命吧。你的东西，我一件一件地全还给你。"

老公公对南瓜说道："进去，进去，快进去！"

南瓜合了缝儿，恢复了原来的样子。

于是，那贪财的朋友就把扫帚、木尺子、泥碗统统归还给了老公公。老公公和老婆婆得到了这些东西，快乐地度着他们的晚年。老公公高兴地笑掉了牙齿，老婆婆高兴得嘴角咧到耳根。

老公公和老婆婆得到宝贝的消息，很快就向四面八方传开，并且很快就传到了国王的耳朵里。大臣建议国王到老公公家里去走一趟，探探虚实。

这天，国王带了大臣、侍卫等多人，来到了老公公家。老公公摆了筵席，接待国王。只见老公公的床上地下、房内房外，盖的铺的都是绸子、缎子，明光闪闪。国王惊奇了，对大臣低声耳语道："这是怎么回事？真是少见的财富！你快去探听其中的秘密。"

大臣躲在厨房门下去偷听，只听得厨房内一片"要抓饭！""尺子，尺子，请量布吧！"等等喊声，大臣急忙去报告国王。国王听了，露出狰狞的笑脸，说："好……"

筵席完毕，国王对老公公说："明天我请你赴宴！"

老公公答应了，说："谢谢，谢谢！"

第二天，国王派了十名差役请老公公。老公公知道了国王的阴谋诡计，便说道："我不能去！"差役生气了，动手要抓走老公公。老公公也生气了，对着南瓜道："出来吧！"霎时，瓜瓢四溅，变成了无数的棒子，棒头儿像落雨点一样，落在差役们的头上、身上，一会儿便把他们打成了肉饼。两个侥幸跑掉的差役，给国王报了信。国王生气地又派了五十个差役来抓老公公，同样也被打成了肉饼。国王获财不得，反遭污辱，恼羞成怒，最后只得亲自出马，带领了全部人马来抓老公公。结果，国王也被南瓜里的棒子打死了。从此，老公公在人们的拥护之下坐上了黄金宝座，当了国王。老公公当了国王以后，知道老百姓的痛苦，一不要款，二不派差，三不要粮。老百姓都说老公公是个好国王。

刘发俊　翻译

两娘母的故事

从前,有一家子人,一个妈妈和两个儿子。大儿子好吃懒做,对妈妈又不好,他看上一个有钱人家的女儿,就离家上门去了。

妈妈和弟弟两个人的生活很苦,住的是破烂的房屋,穿的是破烂的衣裳。妈妈年纪大,已经不能劳动了,家里就全靠小儿子上山去挖金来过生活。但是,儿子能挖到的金子很少,根本没得法子养活他们两娘母。所以,儿子每次回来都要顺便带一捆柴回家。

有一天,小儿子上山挖金,又啥子都没有挖到,就想砍一捆柴回家卖钱调换点儿粮食。他看到山上有一棵又大又干的老树,正准备用刀去砍时,突然,一只老鹰飞到他的脑壳顶上,说:"砍柴哥哥,砍柴哥哥!请你不要砍这棵树子。你如果需要钱,我明天早上就带你去取金子。"小伙子答应了。老鹰又说:"你回去准备一个五寸长的口袋,明天来这儿等我,然后,我就带你去取金子。"

神秘的泉水

第二天早上，弟弟准备好口袋来到约定的地方，老鹰当真在那儿等着他。老鹰说："你骑到我的背上，我就背你去。但是你千万要记住，一定要在太阳出来以前离开那里，不然，你就会被烧死。"老鹰背着他，翻过了一座座高山，终于来到了一个山清水秀的地方，老鹰就放下了他，然后对他说："你从这儿上山，我在这儿等你。"弟弟按老鹰指的方向上到了山顶头，发现这里到处都是光闪闪的金子，他赶紧装满一小口袋，就跑下山去，然后，骑到老鹰背上飞回来了。从此，两娘母的生活就开始富裕起来。

哥哥听到这个消息后，赶紧跑回家，问弟弟是咋个富起来的。弟弟很老实，就一五一十地给哥哥说了。哥哥听了，高兴得不得了。第二天，他也照着弟弟说的样子，找到那棵老树，举起柴刀就砍。忽然，那只老鹰就飞到他的头顶上说："砍柴哥哥，砍柴哥哥，请你不要砍，请你不要砍，你要没得钱用，我就带你去取金子。"哥哥听了，赶紧答应："对嘛！"然后，老鹰又告诉哥哥说："你回去准备一个五寸长的口袋，明天早上我在这儿等你。"哥哥回家后，高兴得觉都睡不着了。他想：这下该我发大财了，弟弟用五寸长的口袋就捡了那么多金子，这回我就带一个一尺五寸长的口袋，再多装些回来。当晚，他就把一切准备好了。第二天天不亮，他就上山了，等了好半天，老鹰才飞来。然后，老鹰就带着他向那座金山飞去，翻过一座又一座的高山，终于又到了金山的脚下。老鹰放下哥哥说："你从这儿上山，我在这儿等你。你装满口袋后，就赶紧转来。不然的话，等太阳一出来，你就会被烧死。"哥哥答应了，他就按老鹰指的方向来到了山顶上。一看到遍地都是金子，他高兴得得意忘形了，就拼命把金子往口袋里面塞。但是，他准备的口袋太大了，紧塞都塞不满……

老鹰看到太阳快要出来了，着急得不行，就飞到了山顶上，叫哥哥赶快下山。但这个时候的哥哥，想到的不是下山，而是多装一点儿金子，他哪里听得进老鹰的话呢？老鹰没得办法，只好自己走了。当他飞过山梁回头看时，哥哥还在那里装金子。就在这个时候，太阳出来了，火辣辣的太阳照在金山上，哥哥一下子就被烧死了。

王　康　吴文光　龚剑雄　搜集整理

青蛙花

有个姓杨的人家里很穷，以打猎为生，别人叫他"杨打枪"。

杨打枪有三个女儿，很爱花。春天、夏天、秋天，三姐妹都要跑到坡上去采很多花回来，弄得到处都是花。到了冬天，没有花了，她们感到实在不好耍。

一天，杨打枪扛起鸣火枪，正要上山去，三个女儿对他说："爹爹，碰到有野花，给我们采回来吧！"

"冰天雪地的，哪儿去找花？"杨打枪说着，捋了捋胡子便走了。

杨打枪在山上打了一天猎，一朵花也没有看见。他拿着猎物往回走，来到山涧旁，忽然看见一朵美丽的花。他欢喜地伸手去摘，这花却突然变成了一只青蛙，两只圆鼓鼓的眼睛望着他。他以为是妖怪，转身就跑。

青蛙一跳一跳地在后面喊："杨打枪，我是青蛙花，不会害人，不要怕！"

杨打枪听说不会害人，便站住了，问："为什么你要变朵花？"

"你的三个女儿，不是要花戴吗？"

"你现在又是一只青蛙了，怎么办？"

青蛙向旁边的一根草，吹了一口气，草就变成了一朵好看的鲜花。

杨打枪欢喜地要去摘花，青蛙跳在他面前说："你哪个女儿得了这朵花，就得嫁给我。不嫁，就不能采这朵花。"

杨打枪想了一阵，以为青蛙是神仙，就答应了他的要求。他摘上那朵花，青蛙一跳一跳地跟在后面，回家去了。

三个女儿看见爹爹拿回一朵花，你抢我夺，喜欢得跳起来。

"谁要这朵花，就要嫁给他。"杨打枪一边向女儿们说，一边指着背后的青蛙。

大女望着这只绿背背、鼓眼睛的青蛙，在爸爸背后一跳一跳的，浑身都是疙里疙瘩，说："谁给这个怪物做妻子！"气得向青蛙吐口水，把花丢在地上就跑了。

二女赶忙把花捡起来，觉得花很好看，但又感到不能给青蛙做妻子，便把花交给三妹走了。

三女感到这花又香又好看，实在舍不得，就向爸爸说："我愿嫁给他！"

杨打枪同意了，当天，青蛙就把三女接回去了。

青蛙一进屋，就变成了一个美少年。他住的房子，像皇帝的宫殿一样富丽。三女和丈夫过着甜蜜的生活，感到很幸福。

七天过后，三女和青蛙去回门。大女见三妹穿的是绫罗绸缎，自己穿的还是黑毡衫子，羡慕得涎水直流，便问三妹是怎么回事，三妹照实说了。

大女起了嫉妒心，想整死三女，自己去做青蛙的妻子，过舒服日子。她便约三妹到井边去洗衣服，三女怕把新衣服弄脏了，便脱在屋里，换上自己原来在家穿的旧衣服，跟着大姐到井边去了。大女趁她冷不防，狠心一掌，便把她推到井里淹死了。

大女回来，做起伤心的样子，两行眼泪直流，悄悄地找着爹爹和二妹说："三妹不小心，跌到井里淹死了。"

"这如何得了，青蛙是神仙，晓得了一定要降罪！"杨打枪和二女说。

大女假装难过地说："是呀！青蛙是喜欢三妹，若不还个活三妹给他，我们全家人性命都在他手里。我看，我的面儿与三妹相似，我就穿上三妹的衣服，跟着青蛙去，免得一家人遭殃！"

杨打枪和二女儿同意了，大女便跟着青蛙回去了。

神秘的 泉水

三女死了，不甘心，变成一只能说话的小雀雀，天天在青蛙的屋子周围飞来飞去地叫："婆娘变了，还不晓得！"

青蛙开初听了，不晓得什么意思。这鸟白天黑夜地叫，青蛙慢慢怀疑起来，便问妻子。

大女又惊又怕地摇头说："不晓得！"

青蛙把丈人杨打枪请来。杨打枪能识鸟音，听了鸟叫，便知三女是大女害死的，想给女婿说，又怕女婿把大女整死。只好拿起枪，把那只小鸟打死了。

鸟死后，滴了一滴血在屋侧。不久，这滴血就长出了一棵很大的花椒树，红红的花椒，结满了一树。

青蛙上树摘花椒，花椒刺不刺他；大女去摘花椒，花椒刺把她浑身刺得淌血，衣裳挂得稀烂。她气极了，拿起斧头，就把花椒树砍了。

青蛙把花椒树干削成了一套梳篦。这梳篦能变酒席，每次青蛙从外边回来，就有一桌热气直冒的酒席。青蛙吃酒席，有盐有味，很香；大女吃酒席，比荞糠面、青稞皮还难吃，又苦又涩，不能下咽。

青蛙感到很奇怪。有一天，大女出外去了，青蛙便躲在门后边，看梳篦的动静。不一会儿，梳篦就从柜台上跳下来，变成了一个美女。青蛙好像认得她，但又记不起在哪里见过面，便看她做什么。

这美女拿起梳子一梳,出来一碗香喷喷的菜;拿篦一篦,出来一瓶美酒。青蛙喜欢得跑去把她抱住,再三要她说明来历,好报答她。哪知美女只是流泪,不开腔。

青蛙急了,说:"你不说话,我就不放你。"

三女无可奈何,只得说了实话。

青蛙气得要打死大女。三女说:"我们团圆了,离开这里就得了!"

青蛙对房子吹了一口气,房子一下不见了,四处都是荒山老林。三女和青蛙变成一对鸟,飞走了。

大女回来,找不着房子,在林子里乱钻,后来只好回娘家去了。

戴北辰　搜集

知了的肚子为什么是空的

一天,艾广龙背着一只土锅,路过喧嚷的森林。一只大油瓜"突"地掉下来,把土锅砸得粉碎。艾广龙一把抓住油瓜,气冲冲地要它赔偿。油瓜惴惴不安地说:"艾广龙大哥,你怎么怪我啊?"

"砸碎土锅的是你。不怪你,怪谁?"

"因为松鼠咬断我的蒂,我才掉下来砸碎你的土锅。你该怪松鼠!"

艾广龙又找到松鼠,问:"是你咬断了油瓜的蒂吧?"

松鼠急切地辩白:"因为黑蚂蚁爬在瓜蒂上,叮了我,我咬黑蚂蚁,用力过猛,咬断了瓜蒂。你该怪黑蚂蚁呀!"

黑蚂蚁委屈地说:"该怪野鸡!就因为它乱扑乱扒,'忽啦'一下,扒塌了我们的窝,我才乱扒乱叮的呀!"

野鸡伸长脖子申辩:"咕,咕,咕,怎么能怪我!要不是芝麻飞进我的眼睛,我会乱扑乱扒吗?——该找芝麻这小东西!"

芝麻从小小的眼角挤出一点儿眼泪,说:"别冤枉好人!

神秘的泉水

我们正站在地里张着角嘴儿对着太阳笑哩,不提防半山坡骨碌碌滚来一个胖家伙:原来是一个大冬瓜,它一下子把我们兄弟从杆上撞落下来,我才掉进野鸡大哥的眼里。"

冬瓜腆着大肚子,在一旁喘气,吃力地辩解:"怎么能怪我呢?是鹿子乱跑,踩断我的蒂把儿,我才滚下坡的。——瞧这儿,东破一块西青一块,正疼哩!"

于是,大家都责怪鹿子不该乱跑,鹿子结结巴巴地解释:"这,这不能怪我啊!怪只怪'多多威'(知了的一种)。我正在林间悠闲散步,该死的'多多威'故意飞来我的耳边,突然'吱啦'地叫起来,把我吓得赶紧跑,无意间踩断了冬瓜的蒂把儿,请原谅!"

大家又一起去责问"多多威":"你为什么吓唬胆小的鹿子?"

"嘻,跟它开个小玩笑嘛,嘻嘻。"

大家为追问已跑得满头大汗,现在见"多多威"因为恶作剧惹了大祸却毫无歉意,反而嬉皮笑脸,当然很气愤,一致责成它赔偿艾广龙的土锅。知了赖着不赔,艾广龙生气啦,抓住它的腰一捏,肚里的五脏都喷了出来。从此,知了的肚子就变成空空的了,每天晚上饿得直叫:"格童妈热,格童妈热!"

王国祥　搜集整理

沙黑力和金鱼

从前，有一个叫沙黑力的穷苦青年。他已经二十岁了，还没有娶上媳妇，家中只有一个年老的阿妈。沙黑力是一个有骨气的男子汉，他要靠自己一双勤劳的手，去挣钱养活自己和阿妈。他跑到金老爷那里报了名，揽了淘沙取金的苦工。

他合在金客的伙里劳动，为了早日交工回家，比谁都勤快，出的金子比谁都多，厂主见了说："哎，这个穷小子，还有点儿命吧！来了不久，就淘了不少金。穷鬼，金子堆成山也是我的，出的多，那是我的命。"沙黑力瞪了一眼，没有理他，还是照常挖了背，背了淘。

有一天，沙黑力一个人偷偷地背了一背斗沙子去冲。他刚把沙子倒在冲水槽里，就见槽里金光闪闪，什么东西在来回摆动。他定神一看，是一条拇指大的金鱼。于是他就用双手抓住金鱼，紧紧地捏在手里，怕它跑掉。得了金鱼，沙黑力又犹豫起来：我连件好衣裳都没有，把它放在哪儿呢？他左思右想了好一会儿，才想出了个办法。他脱下衬衣撕下了一条袖子，把金鱼放了进去，扎住两头，揣在怀里，回到了自己的棚里，脸上笑嘻嘻的，显得很高兴。

从此，沙黑力在沙娃们的跟前显得更加勤快了，但他在心里却盘算起来：我得了金鱼，应该想法跑出去。于是，他就暗地里做了逃跑的一切准备。在一个很黑很黑的夜里，他偷偷地跑了出来，跑了三天三夜，到了一条大河边。这河里的水很深很深，但十分清亮。他从怀里掏出金鱼，放到水里。正玩得出神，金鱼哗啦一声溜跑了。这下他可着急了，就不顾一切，扑到大河里去找。他找了半天，没有找到，便坐在河边上，伤心地哭了。他想：这下可到哪儿去呢？若回到矿上，叫厂主知道了，非剥了皮不可。他狠了狠心，就过河继续往前走。他爬过了十八座大山，蹚过了三十三条大河，走了七七四十九天，到了自己的家。阿妈见儿子回来了，抱着他的

头哭着说:"我儿平安回来了,这比啥都好,比啥都好。"沙黑力跪在阿妈跟前说:"我走了阿妈受苦了。"他站起身来,想自己做点儿饭吃,把锅盖揭开,摸了摸锅底,什么也没有;又揭开水缸盖儿,一道金光射了出来。他稍稍定了定神去看:啊!金鱼在水缸里。他马上伸进手去,把金鱼捉了出来,紧紧地捏在手里。

他三脚两步跪到阿妈跟前,把如何得了金鱼,金鱼又怎样跳下水的经过给阿妈说了一遍。阿妈高兴得流了泪,母子俩把金鱼藏在一个不大的水缸里。沙黑力每天晚上劳动回来,就去看看金鱼,那缸底便会有一层金子,每天都要取一次。从此以后,母子俩的日子便好起来,愈过愈好,再不受那些豺狼欺压了。

刘润泉　搜集整理

黑衣人

毛南地方的上丈屯，祖祖辈辈家家户户都有人会打铁。他们打的锄头、刮子，一锄可以铲断碗口粗的树根；打的镰刀、柴刀可以剃光脚毛。各样铁器都特别锋利耐用，远近闻名。这里还有个传说：

从前上丈屯住着十多户毛南人，他们一向好客，不管远亲近友，也不论远道来客，他们都当自家人一样拉到家里坐，请茶递烟杀鸡筛酒。一天，村里来了一个陌生人，给一位看鸭的公公看见了。这个人全身上下穿着绫罗绸缎，黄衣黄裤，趾高气扬，东看西望，走来走去。公公上前打个招呼："古旁[1]！请到家里坐坐。"这个人一声不哼。公公上前打量，觉得这个陌生人不寻常，要回家拿椅子给他坐。可椅子还没有拿出来，这个人就不见了。

过了十天，有一个穿着白衣白裤的陌生人，又在村头走

---

[1] 古旁：在当地是好朋友的意思。

来走去，给一个挑水的姑娘看见了。姑娘回来告诉村里的人，大家跑出来看时，这个人又不见了。

前后发生这样两件事，乡亲们都摸不着头脑。有的说："这两个人穿着那样特别，一定是坏人，想来偷我们的牛马。"有的说："恐怕是我们的老祖宗派人回来，看望我们毛南地方。"议论结果，大家认为：今后有人到村里来，我们都要请他到家里做客，热情款待他。

又过了十天，一个早上，大家忙着翻田种地，一个穿着黑衣黑裤的陌生人，来到村里。这个人生得矮矮胖胖，手臂有碗口粗，在村里走，脚步好像飞一样，不时到村头望望。这个陌生人给一个看牛的娃仔看见了，他马上跑回家，告诉他的铁哥哥。兄弟俩飞跑出来，刚好，在村里碰见了。铁哥哥忙问："古旁，你来找谁？"这个人嘴巴动了一动，说不出话来。兄弟俩一个拉右手，一个拉左手把他请到家里。但他不进屋，只好让他坐在大门口的石凳上。铁哥哥拿来烟袋、茶叶，请他喝茶抽烟。

铁哥哥和弟弟到鸡笼边捉了一只鸡杀了煮熟了，要请他吃一顿饭。到大门口拉他进家时，这个人笑了笑，跑了。兄弟俩跟在后边追赶，连声喊着："古旁！在我家吃顿饭啊！"刚跑出村头，"咣当"一声，这个人跌倒了，从口袋里掉下了铁锤、铁钳等打铁工具。他坐过的那块石头，也变成了一

黑衣人

块乌黑的铁,但人却不见了。

十天过后,铁哥哥做了一个梦,梦见一个白发苍苍的老人对他说:"前三十天见到的那个穿黄色衣服的人,如果请他到家里,那他就会留下打金的工具,村里的人就是金匠了。前二十天见到的那个穿白色衣服的人,如果请他到家里,就会留下打银的工具,村里的人就是银匠了。现在请了穿黑衣服的人到家里,留下了打铁的工具和铁块,所以你们村里的人就是铁匠了。金匠银匠打首饰装扮姑娘,自己不会打首饰,那就向外地买。铁匠打农具,装扮田地,会给毛南地方带来无数好处。"从此,上丈屯有了打铁的工具,也有了铁,大家就学着打起铁来。每到农闲,家家户户,叮当叮当响。父传子,哥教弟,一代传一代,打铁技术一代比一代强,打出的农具声誉传遍了毛南山乡。

谭贻生　搜集整理

金毛狗

古时侯，在一座深山老林中，住着刘、张两家老祖宗。两家人都不会耕地，更不会种田，专靠打猎过日子。

刘家只有一个儿子，名叫刘金。张家只有一个姑娘，名叫张银。

刘家有只母狗，长着一身金黄色的毛，就叫金毛狗。金毛狗个头儿虽不大，却嗅觉灵，跑得快，力气大，撵山很得力。有时人不上山，金毛狗也能将鹿子、麂子、岩羊、山獐追着咬死，一口不吃地抬回家。

在刘金满六岁、张银满一岁的一天早上，张家把张银抱来给刘金领着，就和刘家抬着弩箭，带着金毛狗，出外撵山去了。

那一天，两家大人太阳落坡时都没回来，张银睡在床上哇哇大哭，刘金站在门口呜呜大叫，哭得很可怜、很凄惨。

天擦黑，一个年轻婆娘扛着一只麂子走进刘金家，将麂子放在火塘边，就走到床前，抱起张银喂奶。张银吃到奶，就不哭了。那婆娘流着泪，对刘金说："你和张银的爹妈都被老虎咬死了。我是你的姨娘，我来养你们俩。"

刘金听说爹妈都被老虎咬死了，哇哇大哭起来，哭湿了衣裳，哭哑了嗓子。

姨娘为刘金揩眼泪，一边揩，一边说："不要哭，好好练武，长大了杀死那只凶猛的老虎，为你的爹妈报仇，为张银的爹妈雪恨。"

刘金"哎"地应了一声，不再哭叫。张银吃饱了奶，呼呼睡了。姨娘将张银放在床上睡着，就动手剖麂子，烧肉给刘金吃。

刘金吃着姨娘上山撵来的麂子，不几年，就长成一个强壮的小伙子，会使刀、枪、弓、弩，也能同姨娘上山打猎了。

张银喝着姨娘的奶，吃着姨娘的麂子肉，不几年，就长成一个漂亮姑娘，不仅会洗衣煮饭，还会使两把刀，武艺不比刘金差。

一天，姨娘将刘金、张银叫到门口，指着一架大山，流着泪说："那架大山上，有个三只脚的老虎，你俩的爹妈都是它咬死吃掉的！"

刘金、张银一听，气得牙齿咬得格格响，转身冲进家，一个提着矛，一个扛着刀，走到姨娘跟前，双双跪下，同声说："姨娘，我们去杀老虎！不杀死那只三脚虎，决不回家！"

姨娘大声说:"现在去杀三脚虎,不行!"

刘金、张银同声问:"为什么?"

"你们的武艺不要说抵不得你们的爹妈,连我也比不上,怎能去杀三脚虎!要去,只能送死!"

刘金、张银又同声问:"仇不报、恨不雪啦?"

"不!三脚虎不杀死,我也心不甘!你们要杀三脚虎,从现在起,天天练武艺。等你俩的武艺练强了,我同你们一起去杀它!"

姨娘说完话,转身进屋,拿来一把刀,教刘金、张银练刀法。第一年练刀,刘金、张银的刀舞得呼呼响,砍得树倒,劈得石开;第二年练矛,刘金、张银的矛舞得像闪电,刺得树穿,刺得石通;第三年练箭,刘金、张银的箭射得特别准,射得鹰落,射得鱼翻。

一天,姨娘上山扛回一只山獐,一边煮肉一边对刘金、张银说:"你们两人的武艺都不错,只要小心,就能杀死三脚虎了。明天就上山和它拼杀吧!"

张银问:"那三脚虎厉害吗?"

姨娘说:"不厉害,怎能将你们兄妹俩的爹妈咬死!我早说了,你们忘啦?那只虎,原先有四只脚,身大、牙长、爪尖、力大,不同于一般的老虎!你们兄妹的爹妈四个人团团将它围住,同它拼命,不仅没有将它杀掉,反被它咬死。"

刘金问："那只大老虎的一条腿,是哪个砍断的？"

姨娘说："是你爹。"

刘金又问："那时一起去杀虎的除四个人外,只有一只金毛狗。四个人被老虎咬死,这情形,你怎么知道得这么详细？"

姨娘被刘金这一问,哑口了,半天才说："这……这……那天我来你家玩儿,路上看见的。"

张银问："那么,那只金毛狗呢？你看见了吗？"

姨娘又被问住了。她见肉熟了,才转了话头,笑着说："你们看,肉都熟了,快吃饱睡觉,明天好去杀虎报仇！"

三个人吃了肉,就各自睡了。

第二天吃了饭,姨娘拿大刀,刘金扛长矛,张银提双刀,就上山去杀三脚虎。

三脚虎很狡猾,见三个人提刀持矛向它走来,悄悄折回三人来的小路旁,弓着身,张着嘴,藏在一蓬草中,等着三个人的到来。

姨娘走在前头,刘金走在中间,张银走在最后。三脚虎见姨娘走到面前,唰地跃出草蓬,一嘴将她咬翻在地。眨眼间,又扑向刘金。刘金乘势用矛一挑,将三脚虎掀到一旁。三脚虎张牙舞爪,又扑向张银。张银双刀一舞,不偏不歪,刺瞎了三脚虎的双眼。三脚虎狂叫一声,掉转头,向刘金扑

金毛狗

来。刘金举矛刺中三脚虎的脖子。三脚虎狂嚎一声,跌落在姨娘身边,一条尾巴正好横在她手上。

姨娘抓住老虎尾巴,马上绕在身边的一棵树上,死死抓住,使三脚虎只能吼叫,却不能逃跑。刘金、张银几步赶到,一个刺,一个砍,几下就把三脚虎杀死了。

刘金见姨娘伤势很重,将长矛交给张银扛着,就背起姨娘,往家中赶去。

姨娘躺在床上,喘着气,对刘金、张银说:"你们两家的仇已报、恨已雪,你俩已长大成人,我死也会闭上眼睛了。"

刘金、张银双双跪在床边,哭着同声说:"姨娘,你不能死,你不能死呀!"

姨娘微微一笑,又喘着气说:"你们两个天生的一对,双双挨我叩个头成亲,让我了却最后一桩心事吧!"

刘金、张银双双跪下,连叩了三个头。姨娘笑了,变成一只金毛狗,死在床上了。

刘金、张银见姨娘变成金毛狗,惊呆了。他俩一边哭,一边说:"金毛狗呀,不是你,我们两人就活不成,长不大,我们两家的仇也报不了呀!你的大恩大德,我俩记在心中,永不忘记……"

刘金、张银不知守着金毛狗哭了多少白天,哭了多少黑夜，直到眼泪哭干，嗓子哭哑，才将金毛狗埋在房子旁边。

刘金、张银成亲后，生儿育女，耕地种田，生活得很好。为了不忘金毛狗的恩情，他俩经常把金毛狗的恩德讲给子孙听，并教育子孙：不骂狗，不打狗，不杀狗吃。这样，一代教育一代，一代传一代，不杀狗吃的风俗就传到了今天。

　　　　　　　　　　　刘德荣　搜集整理

老人为什么受尊敬

相传,很早很早以前,地上蚊虫成灾。特别是到了夜晚,蚊虫嗡嗡嗡地飞出来,像浓密的云雾一样,把整个村落罩得黑压压的,吸吮人们的鲜血,每年都有不少的人被这些可恶的蚊虫夺走生命。人们认为蚊虫有某种神力,对它们既恐惧,又崇敬,而且每年要挑选一对幼童,脱光他们的衣裤,捆住手脚,抬到村外,供奉蚊子。

那会儿,连年干旱,火热的太阳晒得草木干枯,庄稼不生,猎物逃走。人们没有饭吃,没有水喝,于是,凡是年过半百的老人,都被抬到山上,扔到深沟里,摔得粉身碎骨。这是因为,老人们被看作不能干活、白吃饭的废物,这样做可以把食物节省下来分给青壮年吃。渐渐的,这种摔死老人、向蚊虫供奉幼童的可怕习俗,已经成为不可违抗的神圣宗法。

这时,村里有个青年,特别孝敬自己的父亲,怎么也不忍心把父亲抬到山上去摔死。为了避人耳目,他把父亲藏在地窖里悄悄地敬养。

这一年,旱情特别严重,好几个月没下一滴雨,人们一个接一个地饿死、渴死了。老父亲知道以后,把儿子叫到面前说:"儿呀,我今年已九十七岁了,你违背神圣的宗法,不顾个人安危,没有把我扔掉,还省吃俭用养活我,不容易啊!今年遇到大旱,老百姓生命危在旦夕,老父实在过意不去,想助你一臂之力拯救乡亲。我这里保存着祖传下来的一把石锹,锋利好用,你扛起它,带上葫芦和水桶,一直朝南走,在一条沟壑里有一棵大树,你就坐在这棵大树下等着一只乌鸦飞来……"老父亲把该做的事详详细细地告诉儿子。

青年扛起石锹,带上葫芦和水桶,离开了家,一直朝南走去。他走了好长的路,果然在一条沟壑里见到一棵大树,他遵照父亲的叮嘱,坐在大树下等待。过了不久,真的有一只乌鸦"嘎嘎"地叫着,飞到树梢上似落非落,又"嘎嘎"地叫着飞走了。青年立刻起身尾随那只乌鸦,追呀,追呀,一直追到做午饭的时候,那乌鸦才落到一块长着稀稀拉拉的芦苇的地方。

青年赶紧按父亲说的话,拿起石锹用尽全力挖乌鸦落过的那个地方。挖呀,挖呀,好容易才挖了个四五个脚掌深的坑儿。他继续使劲地往下挖着,突然,从地下喷出了一股清

神秘的 泉水

水。啊,这是救命的水哟!他对父亲的聪明才智赞不绝口,内心深处更敬佩父亲。他趴在水坑边,喝足了清水,觉得浑身有了力气,又把葫芦和水桶都装满了水,急急忙忙地跑回村里。一看,有的人已经渴死,连自己的一个孩子也死去了,老父亲已奄奄一息。他立刻用打来的清水救醒了父亲,又跑去告诉乡亲们,要他们带上葫芦、水桶、皮囊和其他能装水的一切家什,亲自带领他们去挑泉水。

消息很快传到了掌握生死大权的年轻君王的耳朵里。他立即派人把挽救了百姓生命的青年传来。这下,青年可被吓坏了,因为他违抗宗法窝藏了父亲。在君王面前,他不敢隐瞒,只得把事情的经过都如实地说了出来。君王要他把老父亲领来,他只好把老父亲从地窖里扶出来去见君王。老人因三四十年没见阳光,已变得不像个人样,面黄肌瘦、披头散发、胡子长得老长。君王问老人能从地下挖出水来,是怎么想出来的?

老人禀告君王:"这办法不是我想出来的,是我祖父告诉我的,因为祖父在世的时候,曾在长着芦苇的地方挖出过一口泉水,我就一直把这件事记在心里。"

因为老人拯救了百姓,君王没有追究他儿子违背神圣宗法的罪过,但要他在明年,将他父亲背到山上去摔死。

这一年,正好轮到这青年和君王本人向蚊虫供献自己的儿女。举行仪式的日子眼看就要到了，老人心里十分着急，因为他只剩一个独生子，这儿子也只剩一个孩子，如果把这唯一的小孙子献出去，这不就绝后了吗？

举行供献幼童仪式的那一天，人们将君王的女儿和青年的儿子拉来，脱光了衣服，用皮条紧紧地捆到木架上，抬到村头的空地上让蚊虫吮食。小孩儿凄惨啼哭，乡亲们不敢前去拯救。等人们走了之后，老人悄悄地摸到村头，赶紧拾来了很多杂草、树枝、畜粪等，围在两个小孩儿的四周，然后用火点燃，冒出一股股浓烟，使那些可恶的吸血虫不敢接近两个小孩儿。两个可怜的小孩儿，便没有被蚊子咬死。据说在农村用浓烟驱赶蚊虫的办法，就是从这个时候开始的。

第二天，人们跑去一看，两个孩子居然还活着，个个惊奇得说不出话来。消息很快地又传到了君王的耳朵里，他立即派人抱回了两个孩子，问是怎么回事。两个孩子告诉君王，有个留着长长的头发和胡子的老人，点了火，放了烟，赶走了蚊虫……君王知道这事又是那个老人干的，便下令废除了残忍地对待老人的法规，人们不再把老人扔到山沟摔死了。

从此，人们知道了老人富有经验，对人类大有用处，并不是白吃饭的累赘。从那时候起，便对老人更加尊敬了。

忠　录　搜集翻译

鹦哥的故事

从前，在一个偏僻的山村里，住着一位老婆婆。老婆婆生活十分贫困，家里除了一口破锅、一只破瓢、一件破棉袄，再没有什么顶用的东西。这位老婆婆没有子女，孤孤单单的，跟她做伴的只有一只鹦哥。

有一天，老婆婆突然病倒了。鹦哥请来了一位大夫给她看病。看完以后，大夫说："她这病很重，一般的方子治不好。离这儿一百多里地的南山顶上有一株桃树，树上结了三个桃子。只有摘回一个桃子，老奶奶吃了，病才能好。"

第二天，鹦哥为老婆婆准备好足够半个月吃的饭食，然后就朝南山飞去。飞了三天三夜，才到南山。飞到山顶一看，一株桃树上挂着三枚桃子，在阳光照射下闪闪发光。鹦哥那高兴劲儿就没法提了。它落在枝头，小心翼翼地去啄桃子的把儿，可是费尽了力气也取不下来。

忽然听到山下传来伐木的声音，鹦哥赶忙朝着山下飞去，落在伐木人砍伐的那棵树上，叫道："伐木哥哥，伐木哥哥！"伐木人停下手里的活儿，抬头看了看，没看到什么人，正想继续干活儿，鹦哥就扑棱棱飞下，落在了伐木人肩上。伐木人扭过头来看，原来是一只羽毛非常漂亮的鹦哥。伐木人问道："你叫我有什么事？"鹦哥答道："我家的老婆婆得了重病，大夫说，只要吃了山顶上的桃子，病就能好。可是我怎么也摘不下来，所以就来请你帮忙。"伐木人答应了，就架着鹦哥一起上山来。

伐木人爬到树上，把桃子摘了下来，然后，解下自己绾发的头绳，把桃子系在鹦哥的脖颈儿上。鹦哥感激地说："多谢你了，好心的阿哥！早晚我要报答你的大恩大德。"接着又问道："请问阿哥尊姓大名，家住哪里？"伐木人说："不用谢了，只要老婆婆的病能治好。从这儿往北，有座县城，我家就住在靠近城南门的大街上，门前有棵又高又大的榆树。有空的话，请你过来玩儿。"说完，伐木人下山去了。

鹦哥的脖子上坠着个桃子，飞一会儿就得歇一会儿，飞了七天七夜，好不容易才飞到家里。鹦哥看到老婆婆正站在门口，还离得老远就喊道："婆婆，我回来了。"话音才落，它已落到老婆婆肩上。

老婆婆取下桃子，先拿桃子在眼皮上抹了一下，说来也奇怪，两眼马上明亮起来，周围的东西都看得清清楚楚。她又把桃子吃了下去，病马上就好了，精神健旺，比得病前还

鹦哥的故事

要硬朗。

过了几天,鹦哥对老婆婆说:"我要到县城去,报答替我摘桃子的那位阿哥。"老婆婆说:"行啊,快去快回呀。"

第二天,鹦哥飞到县城,找到了城南门里的大街。向下一看,果然有一人家,大门外有一棵大榆树。鹦哥飞落枝头,向着院内叫道:"恩哥,恩哥!"

伐木人听到叫声,急忙出来招呼。鹦哥飞到伐木人肩上,说:"阿哥,你给我编个笼子,带我到大街上。我愿给人唱歌,为你挣钱。"伐木人说道:"我怎么能让你为我卖唱呢?"可是鹦哥一心要报答他的恩情,一片真情感动了伐木人,他只好用芨芨草编了个鸟笼,把鹦哥放在笼里,带到了大街上。

鹦哥放开喉咙,唱出婉转动听的歌儿,一支接着一支。没多大工夫,这消息传遍了大街小巷,全城的人都聚拢来,听鹦哥唱歌。一会儿,伐木人就收了半褡裢钱,众人抛撒的钱还是像雨雪一样不住地落下。正在这时,县官坐轿经过这里。他见满街都是人,不知发生了什么事,立刻命令手下人开道。轿子来到场子中间,县官下轿定睛一看,原来是伐木人臂上架着一只鹦哥在街头卖唱,来不及拾的钱币在地上闪光。县官看得嘴角的涎水流下三尺多长,心想:"这只鸟我要是弄到手,不愁挣不来金山银山。"想到这里,他大模大样地走到伐木人面前高声喝道:"谁准你架着鹦哥在大街上扰乱治安？不经我的许可，你擅自携带鹦哥沿街卖唱，你眼里有没有本县？这是犯上，这只鹦哥要归官！"

伐木人正要分辩，县官手下的人已一拥而上，把鹦哥夺了过去。县官坐上轿，衙役们前呼后拥地打道回衙去了。

县官得了鹦哥，喜得心痒难挠。回到后宅，他对老婆说："你来看，这只鹦哥有多漂亮啊！不光漂亮，天下所有动听的歌儿，它都会唱。刚才我亲眼看到，人们听了它的歌声，都像疯了一样，把银币抛到地上。一会儿工夫，那个穷汉子就拾了半褡裢的钱。我们要是能让它唱上一年，恐怕连存钱的地方都找不到了。"

县官先喊来一个仆人，叮嘱道："你快用竹子编个漂亮的鸟笼，八个角上要垂着璎珞，还要串上珠贝，明天早上我要用。"又传来县府的师爷，让他赶紧写几份文书，连夜派人送到四周邻县，请各县的官吏百姓都来观看这唱尽天下歌曲的鹦哥，随后又叫来司库官，吩咐明天早饭前一定要清扫出两个谷仓。最后找来了十条壮汉，要他们每人准备一条麻袋，明早到衙门聚齐，听候使唤——县官是想让他们背运金钱。

一切布置完毕，县官这一夜兴奋得就没合眼。太阳还没出山，街上已经挤满了人，闹闹哄哄。县官在院里听到这嘈杂的人声，又眯起眼睛，做起黄金梦来。过了一会儿，仆人举着新做的鸟笼,送到正屋里。县官仔细端详着——这只鸟笼果真华丽异常,八个角上垂着璎珞珠贝,四周遍插绢花,县官称赞不已。

天大亮了,县官换上官服,一手提着鸟笼,一手拿着鹅毛扇,坐轿来到街上。这时街上已是人山人海,县官下了轿,走上高台,喊道:"肃静!不论是外县的客人,还是本县的百姓,都不要再喧哗,注意听我的鹦哥唱歌。"说着他举起鸟笼,对着笼中的鹦哥说道:"鹦哥,你放开喉咙唱啊!"

大家等了半天,哪里有什么歌声。县官一看,鹦哥正扑簌簌地掉眼泪呢。他威胁说:"快唱!你要不唱,就没你的好处!"鹦哥照旧不出声,只是呆愣愣地落泪。县官吓它、求它,它也不开口。围观的人们都嗤笑县官,一会儿工夫,就都走散了。县官臊得脸像个红萝卜,急忙吩咐打道回衙。

县官气急败坏,回到家里立即叫来厨子,让把鹦哥拔毛宰了,煮成汤端到上房来。

厨子接过鹦哥,来到厨房,刚拔下鹦哥的一根硬翎,鹦哥突然开口央求道:"阿哥,求求你,把我放了吧!我一定记住你的大恩大德,迟早我会报答你的。"

厨师说:"放了你,我怎么交代呢?"鹦哥说:"你只要宰只小鸡就行了。还请你弄点儿棉花,贴在我翅膀上流血的地方,再把我带到庙里,在佛像的肚子里铺上柔软的东西,把我放在那儿。"

厨师照它的话做了。县官端起厨师送来的鸡汤,恶狠狠地说:"今天我要吃你的肉,喝你的汤,把你囫囵个儿吞下去。"说着就大嚼起来。

过了些日子,忽然传来消息,庙里的佛爷开口说话了。人们都说不管谁到庙里拜佛,求什么就会得到什么。消息越传越神,也传到了县官的耳朵里。县官对老婆说:"咱们什么也不缺,唯独没有个儿子继承这么大的家业。听说庙里的佛爷开了口,求啥就得到啥。咱们也去庙里求个儿子吧。你看怎么样?"于是,两人商量好了,第二天就捧香到庙里求佛去了。

来到庙里,随从们把进香的百姓都赶了出去。县官夫妻俩扑通跪在坛前,祷告道:"佛爷啊,我们夫妻二人什么也不缺,就是膝下无儿,恳求佛爷赐给我们一个儿子吧!"佛爷开口说道:"你二人要是心诚,现在就回去沐浴斋戒,明天日出之前,身着单衣,光着脚再来拜佛。"

县官听了这话,高兴得磕头如捣蒜一般,回家以后,立即沐浴熏香,跪在佛龛前念佛。第二天,天才蒙蒙亮,二人就起了床,穿着单褂,赤着脚走到庙里,对着佛爷叩了半晌头,才开口说:"佛爷啊,我们已经沐浴斋戒,敬请佛爷赐给子嗣。"

这时正是三九寒天，这两个人头也不敢抬，一个劲儿地叩头，可那佛爷却一句话也没有。县官心想："这可真是怪事，昨天明明是佛爷降下旨意，让我们沐浴过了再来，为什么今天却不肯开金口了呢？莫非怪我们头磕得少了？"想到这里，就忙催着老婆："快，快多磕头！"那二人头也不抬，只管叩头。磕着磕着，他们开始打哆嗦了，没多久，两个人就冻得像冻萝卜一样邦邦硬了，一头栽倒在砖地上，再没有起来。

鹦哥从佛爷肚里飞了出来，一直飞到伐木人家里。伐木人召集全城的百姓，把县官搜刮来的金银财宝和粮食牲畜全部分给了穷人。从此以后，一县百姓安居乐业。鹦哥呢，又回到了老婆婆的身边。

善　吉　搜集

金炳喆　何玉秀　翻译

白兔断案

　　以前有两家人：一家穷，一家富。富家养了一头大牯子，穷家养了一头母牛。不久，母牛生了一头小牛。可是，小牛还不满月就惹起一场是非：养大牯子的富家硬说小牛是他家的牯子下的，叫穷人赶快把小牛交出来。事情七翻八弄，闹到官府去。李大人高坐案台，一双贼眼瞅着摆在桌边的大包银子，眨了眨眼，惊堂木一拍，大叫道："国有国法，家有家规，没有牯子，母牛怎么会生小牛？本官裁断，小牛一家一半。"

　　小牛的主人一听事情不妙，又告到王爷府。老王爷更是混账，干脆把小牛断给了富人。小牛的主人一怒之下又告到东国府。可是，天下老鸦一般黑，世间的官府一样狠。穷人东告西告，连告了几个官府，得到的回答像冰一样寒冷。穷人无奈，只得站在家门前对着苍天失声大哭。

　　小牛的主人哭哇哭，凄惨的哭声感动了神灵，只见一阵清风过后，牛圈门突然打开，那头母牛低着头，迈着沉重的步子，身后跟着活蹦乱跳的小牛，慢慢地向着主人走来。来到主人面前，她舔舔被石头磕掉了牙齿的上齿龈，痛苦地看了主人一眼，然后开口说："好心的主人呀，你向小白兔告吧。小白兔聪慧智广，铁面无私，他准能给你依理断案。"穷人听了，一是惊，二是喜，就听了母牛的话，告到小白兔家里。小白兔听了穷人一五一十的控告，答应他第二天开庭审案。

第二天，大庭上锣鼓齐鸣，大小官员依次就座。原告被告专等开庭。可是，时辰一个又一个过去了，还不见小白兔登堂。

日头当顶，大小官员们牢骚百出，叽叽喳喳地议论着小白兔。正在这时，小白兔来了，他气喘吁吁地登上首席大位，道歉说："对不起，让诸位久等了。"早已等得不耐烦的大小官员和被告阴阳怪气地说："别怪我们无礼，你要开庭审案，就该按时升堂，请问小白兔老爷，你为什么到这时才来？"小白兔故作惭愧地答道："哎呀！因家有一件纠纷，十分难断，把我纠缠到如今，还断不了案，还得请众官帮助裁断呢！"

大小官员听说白兔老爷请他们帮断案，估计今天的案子还得服从原判，李大人便奸笑着问道："白兔老爷竟然被一件家庭纠纷难倒，到底是何缘故？"说完后还向四周扫了一眼，露出一副得意的神情。

白兔断案

小白兔说:"今早我爹生了一个娃娃,我忙帮着收拾料理。可是妈妈却说娃娃是她生的,要强迫我爹把娃娃交给她,我爹说什么也不同意,一直纠缠到现在。"

官员们听了,笑个不停。李大人振振有词地说:"世间都是女人生娃娃,哪有爹生娃娃的?应该重罚你爹四十大板。"小白兔听到这里,一拍惊堂木说:"李大人言之有理。我爹不会生娃娃,大牯子怎么会生小牛呢?你把小牛断给养大牯子的人家,岂不是成了大牯子生小牛吗?"李大人和富人听了,目瞪口呆。于是,穷人牵着小白兔断给他的小牛,高高兴兴地回家去了。

曹明强　孙家林　整理

凤凰治龙王

传说远古时候，龙王吕依巴士达十分霸道。他经常不让雨神下雨。不下雨，地上的龙泉龙眼龙洞全部枯竭，田地干裂了，生灵渴死了，众怒人怨，人们恨死了龙王。这事情传到天上去了，天神们就一起商量，怎样解救人类？有个名叫羌拉都基的天神说："这事情交给我吧，我有办法拯救人类。"

羌拉都基打扮成一个仆人，来到龙王吕依巴士达的龙宫。他在龙宫进进出出，使力干活儿，很得龙王的喜欢。有一天，他觉得时机到了，便对龙王吕依巴士达说："尊敬的龙王啊，天上富户千万家，你家是最富最富的。像你家这样富有的再没有第二家了，像你家这样兴旺的再没有第二家了。你什么东西都有，什么东西都不缺，你的名声传出去，连大山也低头。不过，你家还缺少一样东西。"

龙王吕依巴士达骄横地昂起头说："缺哪样？别人没有的东西我都有！"

羌拉都基装着神秘的样子轻声说:"世上最高贵的是凤凰,凤凰最珍贵的是凤凰蛋,你唯独缺少一个凤凰蛋。"

龙王吕依巴士达点头说:"是呀,这样珍贵的东西,哪里弄得着?你能帮我弄一个吗?"

羌拉都基说:"这事倒不难,只要龙王要,我就一定给你弄来。"于是,他出了龙宫,来到天上,看见神树上凤凰窝里摆着三个闪亮的凤凰蛋。当时,孵蛋的凤凰正好出去寻食,他便悄悄地偷了一个,带到龙宫,呈送给龙王吕依巴士达,说道:"尊敬的龙王啊,你现在就是世上真正最富有的了,你什么东西都齐全,什么都不缺了。我帮你做完了该做的事,我要回去了。"

龙王收下了凤凰蛋。羌拉都基回到天上,跟天神众布亚和青列尼江又商量了一阵,最后就等着凤凰回去,再商量整治龙王。

凤凰回来了,发现自己窝里少了一个蛋,急忙四处寻找。他东飞九万里,找不着蛋;西飞九万里,仍找不着蛋;四面八方飞遍了,上上下下找尽了,还是找不着蛋。凤凰又急又气,在天上急急忙忙飞来飞去,嘴里还自言自语说:"我的窝搭在神树上。神树枝丫撑九天,世上没有任何动物能爬得上去,也没有任何人能偷走我的蛋,可现在蛋不在,是谁偷的呢?"

正在这时，羌拉都基上前问道："高贵的凤凰啊，你这样忙忙慌慌地飞呀，找呀，找什么呀？"

凤凰说："我丢失了一个蛋，你知道是谁偷的吗？"

羌拉都基点点头说："哦，是这样，谁偷你的蛋，我知道，可我没有办法取回你的蛋。要是你愿意的话，可以跟我一起到天宫里商量商量。"

凤凰立即跟羌拉都基来到了天宫。天宫的神仙们早已等在那里，看见凤凰来了，就齐声问道："凤凰啊，你有铺天的翅膀，你有闪电般的脚爪，你能不能把龙王吕依巴士达从水里拖出来？你敢不敢拖他？"

凤凰答道："做这样的事很容易。可我为什么要拖他出来呢？我只想知道我的蛋是谁偷的。"

众神说："那你就把龙王吕依巴士达拖出来吧，你的蛋是他偷的。"

凤凰一听，气得爪子都发抖了，马上就要飞去跟龙王算账。可众神拦住他说："你不要把他的身子全拖出来，要这样，人类就无法生活了。你只消把他的头拖到这里来，我们就有办法叫他还你的蛋。"

凤凰立即扇动翅膀飞到九九八十一层天顶上，然后对准大海收敛翅膀，身子直向大海劈去。顿时，大海被劈成两半，海底下露出了龙宫龙王。凤凰趁机伸开闪电般的脚爪，抓住

神秘的 泉水

074

龙王吕依巴士达的脖颈子拖出了水面。他一面拖一面怒问："你的身子还有多长？"

吕依巴士达被这突然袭击搞得晕头转向，只得赶紧回答："我的身子还长着呢，你才拖出一小半。"

凤凰一听，又用力继续拖，一直把他的头拖到众神面前。凤凰紧紧地抓着龙头大声说："你龙王做事太缺德，为啥偷了我的凤凰蛋？今天看在天神面上，还我蛋来就饶你，要是说个不，你看着！"

龙王吕依巴士达被凤凰按着脖颈儿，哪里说得出话，只得连连点头求饶。这时，众天神指着龙王说："吕依巴士达，你身为龙王，不让雨神下雨，整得普天下土地干裂，庄稼枯死，生灵万物活不下去；你正事不管，还悄悄去偷凤凰蛋，搞得天怒人怨，个个恨你！现在我们问你，你还不还凤凰蛋？"

龙王连连点头说："还、还、还！"

"你下不下雨？"

"下、下、下！"龙王又一连声回答。

"那你回去以后，派人把蛋送还凤凰，派雨神立即下雨：让所有龙洞龙泉龙眼都出水，让地上的庄稼生长，让人类有饭吃，让生灵万物都有好日子过。你做得到吗？"

"做得到，做得到，做得到。"龙王又连声回答。

"你做得到，人类就会敬你、祭你，他们年年会把最好吃的东西献给你。"

众神说完，叫凤凰把他轻轻地放进海里去。可羌拉都基走到凤凰面前悄悄说："你使出大力气狠狠把他拖出来，重重砸下去。"

凤凰照着羌拉都基说的，使出大力气把龙王吕依巴土达狠狠拖了出来，重重砸下去，砸得海水冲起九千九百丈水柱，水柱化成千万个水珠珠，水珠珠又向四面八方喷溅开去。于是，大水珠落地成了大江大河，小水珠落地成了龙泉龙洞。从那以后，普米人按天神的指示敬龙王，凡是有水的江河湖泊和出水的龙泉龙眼，年年都要祭祀，祈求龙王赐给普米好日子过。龙王被凤凰整治后，比以前规矩多了，再也不敢胡作非为了。

王震亚　搜集

一条缰绳的故事

很早以前,在冰山脚下,有个聪明美丽的姑娘,名叫尼嘎尔,人们都夸她是塔吉克族的一朵花!尼嘎尔的母亲去世早,从小跟着爸爸朱玛巴依过日子,如今已经十几个年头了。

尼嘎尔渐渐长大了,朱玛巴依盘算着,该给女儿准备嫁妆啦。于是,他起早贪黑,不停地到山上去打柴,然后背到巴扎上去卖,把卖的钱一点一点攒起来。一年过去了,他把攒的钱一遍又一遍地数着,总是觉得差得远,因为买不起好的嫁妆要被别人讥笑的,再说也对不起早已死去的妻子。女儿明白爸爸的心思。有一天,尼嘎尔拉住爸爸的手说:"爸爸,我知道您在想啥,女儿倒有个好主意。"

朱玛巴依知道女儿最聪明,办法多,一听就乐了,忙对女儿说:"有啥办法?快对爸爸说,哪怕跳火海,我也替你办!"

尼嘎尔望着爸爸甜甜地笑了,然后细声细语地说:"爸爸,你没看见吗?咱们村南是一条河,河两岸长着大片大片的青草，您去买一匹马或几只羊，我去放牧。过不了三年，保管变成几匹马或一群羊。"朱玛巴依一听就乐了，抚摸着女儿的头说："你真能替爸爸分忧啊！真是我的好女儿。"

过了几天，朱玛巴依把钱装进腰包里，爬过三个坡，走过四道弯，来到巴扎上。朱玛巴依在人群中穿行着，猛然看见路边拴着一匹大白马。一个骨瘦如柴的小老头儿，大声吆喝着："谁买马，谁买马？价钱低，马种好！"他话音刚落，立刻围拢过来不少人，大伙都啧啧称赞道："好马，好马！"朱玛巴依一步跃过去，大声说："这马我买了！"说着把马缰绳抓在手里。但还没等他点钱，那个瘦老头儿就说："我卖马，并不卖缰绳。"说完把笼头缰绳一起摘了下来。朱玛巴依不在乎这一条缰绳，交完钱两人就分手了。朱玛巴依回到家，尼嘎尔立即把大白马赶到河边去吃草，马肚子吃得饱饱的，傍黑才回家。爷儿俩围着大白马又说又笑，别提多高兴啦，直到午夜才睡觉。

公鸡打鸣了，朱玛巴依一轱辘爬起来，走近马厩一看，大白马不见了，只有那根自己买的马缰绳死死地拴在槽头上。他差点儿哭出来，转回屋把这个坏消息告诉了女儿。尼嘎尔眨眨两只大眼睛，劝慰爸爸不要难过，并央求爸爸拿剩下的一点儿钱去买一只羊。

朱玛巴依又来到巴扎上，又碰上了那个瘦老头儿。朱玛巴依悲伤地述说了夜里发生的一切。那个瘦老头儿听罢，用同情的语调说："唉，大概是你得罪了真主，真主在惩罚你。算了，过去了的就不要再去想，今天我牵来一只羊，你把它买去吧，价钱便宜得很。"朱玛巴依点点头，正要去牵羊，瘦老头儿笑笑说："对不起，你去买条新绳吧，卖羊可不白搭一条绳。"朱玛巴依并不争论，按照他说的去做了。

朱玛巴依把羊送到河边去吃草，吃饱后才回家。尼嘎尔早已做好饭，焦急地等待爸爸回来。朱玛巴依把羊赶进圈，和女儿一起吃晚饭，爷俩边吃边商量，夜里要好好看住羊。

夜深了，朱玛巴依在羊皮坐垫上坐着发愣，女儿偎依在他的身旁。朱玛巴依跑了一天路实在支持不住了，眼一合便打起了鼾。尼嘎尔把衣服给爸爸披好，自己睁大警惕的眼睛……猛然间，羊"咩咩"地叫起来，尼嘎尔跑过去，羊不见了，只看见一只白鸽子"咕咕"地叫着向远处飞去。

天亮了，尼嘎尔安慰爸爸，劝他不要着急，自己到萨法尔汗大叔家借来钱，拉着爸爸的手说："走！爸爸，我跟您到巴扎去。"爸爸难过地点点头。

他们刚刚走到巴扎，恰巧又遇见那个瘦老头儿牵着一头牛。朱玛巴依连忙把买马和买羊的经过说给女儿听，尼嘎尔边听边点头。这时候，那个瘦老头儿迎上来，关心地问："朱玛巴依，你昨天买了羊，今天是不是再买头牛哇？我的牛最

神秘的 泉水

便宜。"朱玛巴依急忙拉住女儿说："咱们快走吧！别理他。"尼嘎尔一甩胳膊说："爸爸，我今天就买他的牛！"瘦老头儿微笑着夸奖说："对，对，还是姑娘有眼力。"说完又去解缰绳。尼嘎尔上前一步抢过缰绳，说："你解缰绳我们怎么牵牛？"瘦老头儿结结巴巴地说："我卖牛不卖缰绳啊！"尼嘎尔把钱甩过去说："我多给你钱，总算可以吧！"说完牵起牛就走。瘦老头儿可急了，又喊又叫地拉住尼嘎尔。这时候，围观的人越来越多，把瘦老头儿围在人群中，都指责他不讲理。尼嘎尔乘机扯着爸爸的衣角快步走掉了。

回到家，尼嘎尔对爸爸说："您还蒙在鼓里呢，那瘦老头儿准不是好东西，他的秘密可能就在这条缰绳上。"一句话，好像拨亮了一盏灯，朱玛巴依瞪大眼睛，然后又详细地把前两次瘦老头儿的一举一动说给女儿听……

他们把牛牢牢地拴好，然后搬来两个大羊头凳子坐在牛身旁。夜深了，风紧了，他们没有丝毫困意，死死地盯着那头牛。约莫午夜时，那头牛突然叫起来，父女俩几步赶到近前，只见那头牛向上一蹿，立刻变成一只白鸽子飞起来。朱玛巴依可急了，伸手就去抓，可是万万没想到，那只白鸽子飞了小半圈就落在了那条缰绳上，顷刻变成了一个小伙子。

朱玛巴依看呆了。这时，尼嘎尔上前喝问道："你是谁？"只见那个小伙子把双手交叉放在胸前行礼说："谢谢你救了我！"

　　月光下，尼嘎尔见小伙子长得宽脸膛、浓眉毛、大眼睛，一副英俊相貌。她把口气缓了缓说："你为啥总是骗人？"那个小伙子眼含泪珠说出一段往事。原来，他叫吐拉，从小失去了父亲，母亲见他长大了，送他到毛拉那里去读书，毛拉就是那个瘦老头儿。有一天，毛拉对他说："我会一种魔术，想传授给你，学不学？"吐拉出于好奇，答应了。结果毛拉施用法术先后把他变成马、羊和牛，但缰绳永远牵在毛拉手里。不管买牲口的人把他带到哪儿，吐拉都会变成一只鸽子飞到毛拉那儿去，然后又变成牲口被缰绳拴在毛拉身边。如今，尼嘎尔把缰绳买过来，吐拉才得救了。第二天，父女俩把事情的经过告诉了乡亲们，并且找到瘦老头儿算清账，把他赶跑了。

　　第三天，在萨法尔汗大叔的撮合下，尼嘎尔和吐拉成亲了，一对新婚夫妇乐得像盛开的鲜花一样。

米尔扎依·杜斯买买提　揣振宇　翻译整理

孤儿遇仙

从前,有一个孤儿,无依无靠,讨饭度日。孤儿渐渐长大成人,虽说他家境贫寒,一身破烂,但他长得结实、英俊,又很勤劳,因此,村里村外的姑娘们都喜欢他,愿意嫁给他。但老人们担心无法生活,都不愿意把自己的姑娘嫁给他。孤儿成年累月为人帮工,连肚子都填不饱,哪谈得上讨媳妇呢?他决心离开家乡,到外地找一条出路,挣些钱财回来再讨媳妇。

有一天,他动身到外地去找出路了。他先朝东北方向走去,走哇走哇,翻过了七座大山,跨过了九条江河,最后来到了一片密林。他觉得又累又饿,无力继续往前走了。他坐在一棵大树下乘凉,抬头看看大树,发现树上结着一串又一串黄生生的梨子,几乎把树枝都压弯了。他顺手摘了几个梨子,狼吞虎咽地吃了起来。说来也神,他吃完这几个梨,就感觉困倦,便依着大树,迷迷糊糊地睡着了。他做了个梦,梦见一个怪模怪样的老太婆,脸面像锅底一样黑,嘴角露出一对獠牙，一瘸一拐地朝他走来。到他面前，老太婆张开血嘴破口大骂道："你个臭小子，竟敢跑到密林里来偷我的梨吃，现在我得好好地教训教训你了。"说完，老太婆闪电似的飞走了。

他从睡梦中醒过来，发现自己的手脚上长满了一尺长的黑毛；伸手摸摸自己脸上和背上，也都长满了黑毛。原来非常英俊的孤儿，一下变成了猴子。孤儿伤心地哭了起来。这时，从天上飞来一只乌鸦，落在他旁边的树枝上，问道："孤儿，你为什么这样伤心？"

孤儿边哭边说："我吃了这树上的梨，不知为什么身上长出毛来，变成了猴子。"

乌鸦幸灾乐祸地说："活该，谁叫你偷人家的梨吃！"说完，哇哇地叫着飞走了。

乌鸦飞走之后，又飞来一只树鹊，树鹊问道："孤儿，你为什么这样伤心？"

孤儿把刚才向乌鸦说的话向树鹊重复了一遍。树鹊听后，幸灾乐祸地说："活该，谁叫你偷人家的梨吃。"说完，喳喳地叫着飞走了。

树鹊飞走之后，一只大青蛙朝孤儿走来，很有礼貌地向孤儿行了礼。大青蛙呱呱地叫着，问道："孤儿，你为什么这样伤心？"

孤儿遇仙

孤儿边哭边把刚才向乌鸦和树鹊说的话又向大青蛙重复了一遍。大青蛙听后，幸灾乐祸地说："活该，谁叫你偷人家的梨吃。"说完，呱呱地叫着走了。

大青蛙走了之后，一只黑猴子朝孤儿走来。黑猴子看见孤儿，以为遇到了自己的伙伴，便在孤儿身边高兴地转来转去。黑猴子见孤儿很伤心，便劝说道："别哭了，伙计，请你跟我到森林里去摘野果吃。"

孤儿摇摇头说："不，我是人，你是猴，我怎能跟你一道去呢。"猴子听了孤儿的话，很失望，于是道别孤儿，独自走了。

孤儿悔恨自己不该吃这梨子，越想越伤心，就又哭了起来。他哭得死去活来，哭着哭着，依着大梨树睡着了。他又做了一个梦，梦见一个年轻漂亮的姑娘。姑娘微笑着来到他的面前，对他说："孤儿，你别伤心了。明天，有一个王子要到另一个国家去接亲，半路上会遇上你，你摘七八个梨揣在怀里，到时候他们会来抢你身上的梨吃。他们一抢走你身上的梨，你身上的毛就会消失了。"

第二天清晨，天刚蒙蒙亮，孤儿起来，顺手从树上摘了八个梨，揣在怀里。这一天，天气很热，地晒得冒烟，禾苗和草木都枯萎了。孤儿不顾天热，朝前赶路。他走哇走，翻过了一座高山，看见一眼水井，猫腰去喝了几口水。他又朝前赶路,走哇走,又翻过一座高山,看见一塘水,他又猫腰去喝了几口。喝完水,他又朝前赶路,走哇走,走到一个山坝子。孤儿见山坝子正中有一棵大树,供行人乘凉,便走到这棵大树下歇脚。他刚坐定,远远地走来一群人,两人抬着轿子,另外一些人走在轿子的前后,王子舒适地坐在轿子上。由于天热,这群人走得口干舌燥,就在离孤儿不远的地方停下轿来。王子走出轿子,见一个人在大树下乘凉,便对手下人说:"搜这个人的身,看他身上带有什么东西?"

王子一声令下,卫士们朝孤儿蜂拥而来。他们拳打脚踢,把孤儿打个半死,从孤儿的身上搜到八个黄生生的梨。他们一看到这八个梨,个个馋得口水直流。八个梨分一个给王子,其余几个由卫士吃了。王子和卫士们吃了梨子,一个一个睡着了,从头到脚都长出黑毛,变成了猴子。

孤儿从疼痛中惊醒过来,迷迷糊糊地睁开眼睛,只见自己身上的长毛全没有了,高兴得跳了起来。他看看四周,只见吃了梨子的王子和卫士都变成了猴子,像死猪一样躺在地上睡觉。没有吃到梨子的背夫看见王子变成了猴子,一个个伤心地哭了。孤儿趁人不注意,悄悄爬到树上,躲了起来。

孤儿刚爬上树,王子和卫士们都清醒过来了。他们看见自己身上长了黑毛,一个个都伤心地痛哭起来。王子哭了一阵,生气地说:"我变成猴子,是中了那个小子的奸计,快把他抓来杀头！"王子一声令下，卫士们忙四处寻找孤儿。他们发现孤儿躲在枝叶密集的树上，就抡起斧头，叮叮咚咚地砍起树来。他们想把大树砍倒，让孤儿随大树倒下摔死。孤儿心里十分害怕，但他想飞也飞不走，想跑也跑不掉，只好在树上干着急。卫士们不停地砍树，砍了老半天，大树倒下了，发出雷鸣般的响声，孤儿翻了一个筋斗，没有被摔死。

王子和卫士们见孤儿没有被摔死，连一处伤痕都没有，感到惊奇，认为这人一定是神灵，便跪倒在孤儿的脚下，请求宽恕。王子还把自己的衣服、王冠、鞋袜脱下来，恭恭敬敬地送到孤儿的面前说："我已变成猴子，再不配当公主的丈夫了，请你收下我的衣服、王冠和鞋袜，去接公主，回到我的王宫，继承父王的王位。"他又向背夫们交代，叫他们把孤儿送到公主的王都。说完，王子领着变成猴子的那七个卫士，朝森林里走去。

孤儿穿着王子的衣服，戴上王冠，坐上轿子，朝公主的王都走去了。一到王都，公主的父王就令他的臣民百姓，敲锣打鼓，迎接驸马。晚上，国王大摆宴席，热情招待孤儿。第二天一早，孤儿和公主坐上轿子，返回王子的王都。一路上，公主仔细观察着驸马，从言语观察到行动，从脚看到头，看来看去，觉得不像原先那个王子。于是，她派人去盘问接亲的背夫。一阵拳打脚踢后，背夫不得不把孤儿的由来一五一十地告诉了公主。公主一听，气得差点儿昏死过去，当即下令:"给我把这个假王子关到马厩里去!"

孤儿被关进马厩后,心里很难过。他回想这几天来发生的一些事,越想越伤心。晚上,他躺在马厩的墙角里睡着了。当他睡得正甜的时候,忽然从天上"咚"的一声掉下来一小块儿闪光的东西,把他惊醒了。他睁开眼睛一看,发现那块闪光的东西就在自己面前,连忙把它捡了起来,拿在手中翻来翻去察看。只见这东西越长越大,越发明亮,一时间,马厩里亮堂堂的,耀眼夺目。

孤儿得到意外的宝物,心里自然高兴,他不知不觉又做了一个梦,梦里又见到那位年轻漂亮的姑娘。姑娘对他说:"孤儿,明天,公主要派会变成绳子和铁锤的魔师来杀你,绳子和铁锤一到你面前,你就说:'我没有罪,要杀你就去杀公主手下的人。'这样,你就没有事了。"孤儿醒来,对梦中的事感到很惊奇。

第二天一早,公主就派两个魔师去捉拿假王子。一个魔师变成一根麻绳,一个魔师变成一把铁锤,直向马厩飞来。孤儿躺在马厩的草堆上,看见一根麻绳拖着长长的尾巴,在他的面前晃来晃去。他忙爬起来,拉住绳子说道:"老兄,请你听我说,我没有冒充王子,是王子脱下他的衣服、帽子、鞋子,叫我去接公主的,我只是听从王子的旨意罢了。我没有罪,要杀你就去杀公主手下的人。"孤儿诉说后,绳子拖着长尾巴,掉头溜出了马厩。麻绳走后,又飞来一把铁锤,在孤儿头上晃来晃去。他忙拉住铁锤把儿，把刚才向麻绳说的话又重复了一遍。铁锤听了孤儿的诉说，也溜出了马厩。

一瞬间，铁锤晃来晃去，"叮咚叮咚"地把公主手下的武士和背夫统统打翻在地。最后麻绳和铁锤晃到公主面前，准备杀公主了。孤儿忙上前拉住麻绳和铁锤，求饶道："老兄们，不要杀公主，饶她一命吧。"他这样一说，麻绳和铁锤恢复了原形，变成两个凡人，向孤儿道别，朝天边飞走了。

这时，公主仔细地看着孤儿。她越看越感到孤儿神奇、英俊，又想起孤儿对她的援救，不由得暗暗敬佩起来。于是，她答应嫁给孤儿。孤儿也很高兴，马上请了一些民夫，和公主一起回到王子的王都。

孤儿到了王宫，国王把孤儿当作自己的王子，很快为他们举行了婚礼。正在这时，长着一身长毛的王子，来到孤儿和公主的婚场。他抱着国王的大腿，指着孤儿高声说道："父王，他不是你的王子，我才是你的王子。"

国王见一只猴子跪在自己面前，气得火冒三丈，愤愤地说："你个猴子竟敢说自己是王子，快赶它出去！"王子见父王不再认他，便回了森林。国王年纪老了，便把国家大事交给孤儿掌管。国王死后，孤儿继承了王位，当上了国王。

叶世富　搜集整理

愚蠢的国王

从前,有一个穷人,几乎一无所有,只有一间破房子,还倒塌了。他好不容易又盖起一间房子,但是,当屋顶的苇席上刚苫了一半泥的时候,钱用光了。他只好辞退了瓦匠师傅,说:"剩下的一半,等我有了钱再苫吧。"于是,他住进了只苫了一半屋顶的房子。

有一个小偷看见了这个穷人的房子,心想:这个人可能是发财了,这不是盖了新房子吗?我得"光顾"一下。

半夜小偷摸上了房顶,向前一迈步,刚好踏在没苫泥的席子上,一下子跌到了在房中熟睡的穷人身上。穷人吓得魂儿都飞了,撒腿逃到屋外。

小偷在穷人家里什么也没捞着,只得懊恼地走了。第二天他跑到国王面前去告状:"国王陛下,我是一名大盗,昨天夜里去一个人家里偷东西,不想他的房顶只是一层苇席,我一脚踩上去,跌到了房子里边,差点儿摔折了腿。"

国王问他:"那么,你有什么要求呢?"

神秘的 泉水

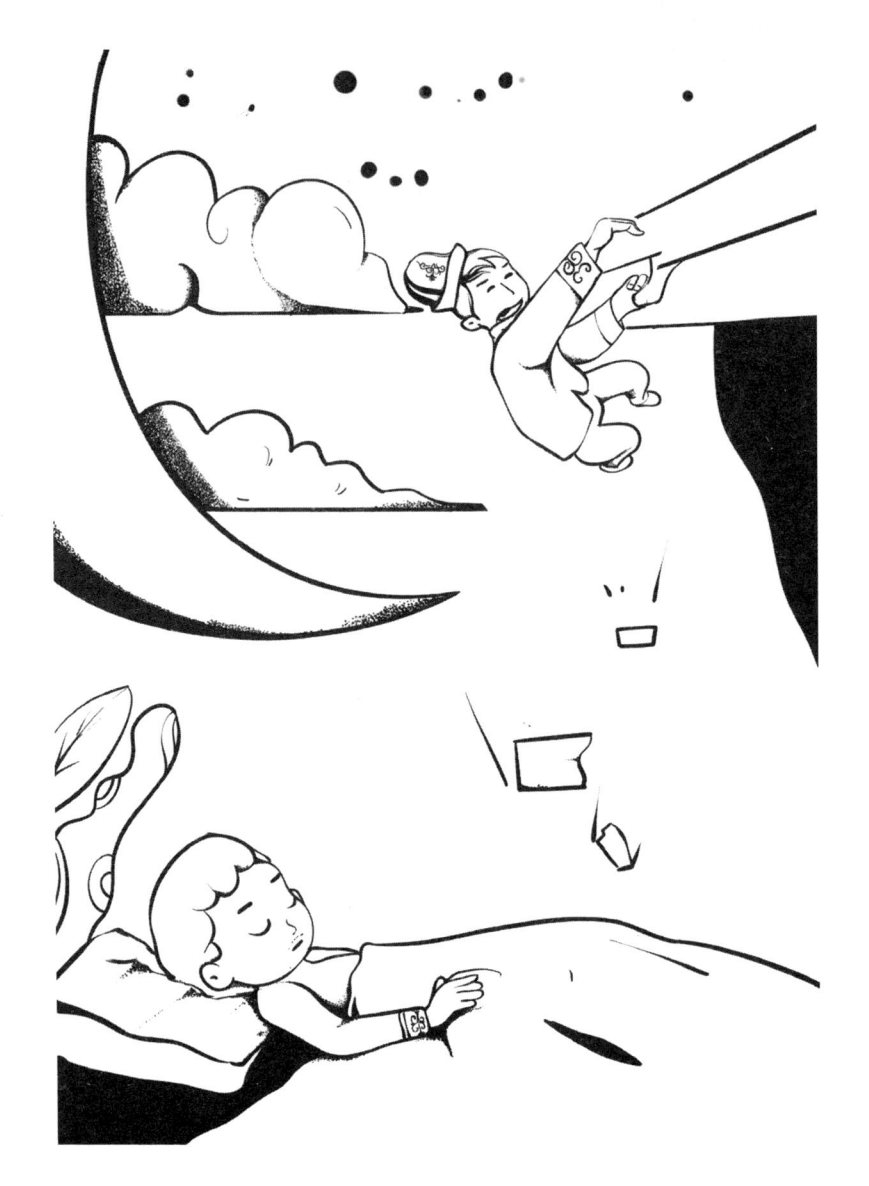

"您应该惩罚房子的主人。"小偷回答说。

国王命侍卫把房子的主人传来,指着那个贼对主人说:"昨天晚上这个人从你家房顶上跌下去了,是吗?"

穷人回答说:"是的,陛下,幸亏他跌到了我身上,不然准得把腿摔断。"

"反正他从你家房顶跌下来了,就该把你绞死。"国王下令把穷人处死。可怜的穷人不知该怎么办好,哭着说:"哎呀,仁慈的陛下,我没有罪,应该惩治小偷才对!"

国王喝道:"住口!"

穷人看到情况不妙,知道在国王面前没什么公道好讲,就说:"国王陛下,小偷从房顶跌下来,是因为瓦匠苦屋顶苦得不结实,怎么能怪我呢?"

国王命令刽子手们:"把他放掉,把瓦匠抓来绞死。"

侍卫们抓来了无辜的瓦匠,刽子手们准备把他送上绞架。

瓦匠喊道:"我有冤屈要向国王申诉!"刽子手们把话传了进去,国王命人把瓦匠传进王宫问道:"你有什么冤屈?"

瓦匠说:"圣明的陛下呀,这事不能怪我呀,是编席的人把席编得太稀,要是席子密实的话,踩上去就会什么事也没有。"

国王又让人把瓦匠放掉，把编席的人传来。国王问道："席子是你编的吗？"

"是我编的。"编席人答道。

国王对刽子手们说："把他送上绞架，一切罪过都在他身上。"

"国王陛下，我实在冤枉啊。以前，我编的席子又密又好。只因为最近我的邻居养起了鸽子，每当他放鸽子的时候，我都看得着了迷，结果席子编得就稀松了。请您宽恕我吧！"编席子的人说。

国王听了他的叙述，又下令把编席的人放掉，把养鸽子的人抓来绞死。

"陛下呀，"养鸽子的人说，"我嗜好养鸽子，可这不是我的罪过，况且您杀掉我这个平民百姓对谁也没有好处，还不如杀了那个盗贼，使得国泰民安，不好吗？"

国王想了一会儿说："养鸽子的人说得有理，看来，那个贼才是罪人。"于是吩咐刽子手们："赶快去寻找那个小偷，把他绞死！"

刽子手们抓来了小偷，把他挂到了绞架上，可是绞架低，小偷个子高，挂上去脚悬不起来。刽子手们急忙向国王报告："伟大的陛下，小偷的个子太高，脚悬不起来，绞不死他，怎么办呢？"

"唉，蠢货！"国王大发雷霆，"这也要问我吗？小偷的脚悬不起来，你们不会找一个矮个子放上绞架绞死吗？难道连这么简单的办法也想不出来吗？"

刽子手们来到街上一看，正好有个矮个子背着口袋赶路呢。他们心想：国王说的可能是他。于是就把这矮个子带到了绞架下面。

"我犯什么罪啦，要绞死我？我冤枉，要见国王。"矮个子说。

来到绞架前看热闹的国王刚好听见这话，就问他："有什么冤枉，你说。"

"啊，国王啊，我是个穷人，有时候翻山越岭贩卖些杂货，有时候给别人搬运东西，为的是养家糊口，我犯了什么罪要受绞刑呀？"矮个子说。

"哎，傻瓜，我可不管你有罪没罪，反正有人作案，我就得绞死一个人。小偷个子太高了绞不死他，你正合适，这只能怪你没交好运。"国王说。

矮个子还在求饶："哎，国王啊，小偷的个子高的话，在地上挖个坑，他的脚就挨不到地面了。让我这个无辜的穷人替罪人小偷去死不是太不公道了吗？"

国王想了一下，看看大臣们说："这个矮子的话看来是对的，把他放了，在绞架下面挖个坑，把小偷绞死。"

刽子手们把小偷带到绞架下面，开始挖坑。小偷却说："你们快点儿挖，别误了时间，快点儿绞死我吧！"

"你急什么？"

"陛下，现在天堂的国王死了，我为了赶在别人前面去当天堂的国王，请早些绞死我吧。因为天堂的国王临死前说：'我去世后谁第一个死后来到天堂，就让他当国王。'所以我才急着快点儿死去。来，刽子手们快动手吧！"

听了小偷的这番话，国王想：在那个世界也应该我当国王。于是对刽子手们说："赶快把小偷放掉，把我吊上去！"

刽子手们认为国王的旨意就是他们不可推卸的职责，毫不犹豫地放掉了小偷，吊起了国王。

阿布都力海　阿布都力哈克　整理

朱堃芳　翻译

姐姐和弟弟

从前有老两口,他们有一对儿女,女儿名叫阿廖努什卡,儿子叫伊万努什卡。

老两口死后,剩下了孤儿孤女。阿廖努什卡带着弟弟伊万努什卡去寻找生活出路。他俩走哇走哇,路过一片荒野时,伊万努什卡渴了。

"姐姐,我渴了!"

"好弟弟,别急,快找到水井了。"

他俩继续走。走哇,走哇,太阳当空照着,离水井还老远老远,闷热难忍,浑身出大汗。忽然,他们在路旁的一个牛槽子里发现了水。

"姐姐,我喝一口好吗?"

"好弟弟,别喝这水,喝了,就会变成小牛。"

伊万努什卡很惋惜,只好忍着渴,往前走了。

太阳当空,离水井仍老远老远,闷热难忍,浑身出大汗。忽然,他俩发现路旁的一个马槽里有水。

"姐姐，姐姐，我喝点儿吧。"

"好弟弟，别喝，喝了会变成小马。"

伊万努什卡叹了叹气，又继续往前走。

走哇，走哇，太阳当空，还是见不到水井，闷热难忍出大汗。这次他俩在路边喂羊的水槽里，又看见了水。

伊万努什卡又央求道："姐姐，我渴得受不了啦，让我喝点儿吧！"

"别喝，好弟弟，喝了你会变成小羊。"

这次弟弟没听姐姐的劝阻，喝了水，果真变成了小羊羔。

从此，跟着阿廖努什卡的不是弟弟，而是小羊羔。

阿廖努什卡流泪了，坐在草垛下哭泣。小羊羔围着她身边转。

这时有个富翁路过："好姑娘，你哭什么？"

阿廖努什卡把弟弟伊万努什卡变成羊羔的事告诉了富翁，富翁建议："你嫁给我吧。我家有金、有银，生活美好。让羊羔同我们一起过。"

阿廖努什卡思索了一下，便答应了。

一家人日子过得挺美好。吃饭时，小羊羔和阿廖努什卡同用一副碗碟。

有一次，富翁不在家。不知从哪儿来了个妖婆，站在窗外，用和蔼的言语引诱阿廖努什卡去河里洗澡。

到了河边，老妖婆给阿廖努什卡脖颈儿上套上了绳子，绳子上拴了块大石头，一同推进水里。然后老妖婆变成阿廖努什卡，穿上了她的衣服，到了她家。富翁回来也没有辨认出来。

可小羊羔心里明白，发愁了。他不吃，不喝，每天早晨和晚上，沿着河边呼唤：

我的好姐姐，你快游出来吧，
游出来，游到我这儿来……

老妖婆得知后，求老伴儿把羊羔宰了。富翁喜欢小羊羔，舍不得。可老妖婆缠着，求着，富翁无奈，只好同意了。于是老妖婆吩咐燃起篝火，支起铜锅，备好钢刀……

羊羔知道自己已活不长了，就对富翁说："临死前让我到河边去一趟吧，喝点儿水，把肠子涮一涮。"

"好，去吧。"

羊羔朝河边跑去，站在河边痛苦地呼唤起来：

我的好姐姐，阿廖努什卡！
游过来吧，游上岸来吧。
篝火烧得正旺，

神秘的泉水

铜锅里的水滚滚开，
　　他们磨刀霍霍，
　　要宰我呀！

河里传来阿廖努什卡的回声：

　　啊呀，我的好弟弟，伊万努什卡！
　　大石头正往下坠，
　　水草紧缠住双脚，
　　泥沙已没过胸脯。

老妖婆四处寻找小羊羔，没能找到，就派人去找。男仆来到了河边，看到小羊羔在河边来回地跑着，痛苦地呼唤着：

　　我的好姐姐，阿廖努什卡！
　　游过来吧，游上岸来吧。
　　篝火烧得正旺，
　　铜锅里的水滚滚开，
　　他们磨刀霍霍，
　　要宰我呀！

河里传来回声：

我的好弟弟，伊万努什卡！
大石头正往下坠，
水草紧缠住双脚，
泥沙已没过胸脯。

男仆跑回家，把所见所闻告诉了富翁。富翁把人们召集起来，来到河边，撒下丝线网，把阿廖努什卡捞了上来。富翁取下她脖子上的石头，用泉水给她冲洗，然后给她换上洁净的衣服。阿廖努什卡活了过来，变得比从前更漂亮了。

小羊羔高兴得翻了三个跟头，随即变成了伊万努什卡。恶毒的老妖婆被系在马尾上，拖向荒野。

佳丽娜　搜集整理

宝马斗魔鬼

从前，在大兴安岭住着几家索伦人。有一家有个老猎人，他有一匹宝马，还有一个宝贝木梳，家里只有一个姑娘，起名叫"顶针"。老猎人身得重病，寻思自己快死了，不如给姑娘找个人家，也算了结一份心愿。老猎人说："谁要能说出我姑娘的名字，我就把姑娘嫁给谁。"

有一天，有一个青年猎人来求亲，走到离老猎人家不远的地方，遇见一个小姑娘在河边挑水。这个小姑娘是老猎人的邻居，因为她经常到老猎人家里去玩儿，所以知道老猎人的姑娘叫顶针。小姑娘问这个青年猎人："你是来干什么的呀？"青年猎人说："我是来向老猎人的姑娘求亲的。"小姑娘说："你知道他姑娘叫什么名字吗？"青年猎人说："我不知道。"小姑娘对他说："你不知道老猎人的姑娘叫什么名字，老猎人是不会把姑娘许给你的。我告诉你吧，他姑娘的名字叫顶针。"青年猎人谢过了小姑娘就走了。

小姑娘和青年猎人唠嗑的时候，正好有个魔鬼路过这里，他听说老猎人要招女婿，听到姑娘的名字就一阵风似的往老猎人家里去求亲。这时候青年猎人还没有到，魔鬼已先到了。

魔鬼向老猎人提出，要娶他姑娘做媳妇。这时，青年猎人也到了，也向老猎人提出要娶他姑娘做媳妇。老猎人说："你们俩谁先来的呀？"魔鬼说："我先来的。"老猎人说："那你就先说吧，顶多只许猜三次，猜不着我姑娘的名字，我的姑娘就不能给你做媳妇。"魔鬼先故意瞎猜："是叫金针吧？"老猎人说："不对。"魔鬼说："是叫银针吧？"老猎人说："也不对。你还可以猜一次，再猜不对就叫这位青年猎人猜了。"魔鬼心里想：青年猎人别想好事了。他对老猎人说："我猜着了，你姑娘的名字叫顶针。"老猎人一看他说对了，就答应把姑娘嫁给他做媳妇了。

青年猎人很窝火，从老猎人家里走出去，就上山打猎去了。

老猎人把他的宝马和宝贝木梳，都送给顶针姑娘，做了嫁妆，并告诉她："有什么难处可以求宝马和宝贝木梳帮忙。"说完，老猎人就死去了。姑娘把父亲安葬完了，就哭哭啼啼地离开了故乡跟魔鬼走了。他们走过一座山，眼看来到魔鬼住的峡谷了，这时候宝马就告诉她："你丈夫是个魔鬼。"姑娘听了心里很害怕，宝马又对姑娘说："你到他家以后，你要好好看看，他有五个儿子，每个儿子都被他吃剩一半了。魔鬼到处骗人好喂他那五个儿子。你到他家，千万不要怕，像平常一样对孩子说：'我知道你们都饿了，先把我的马烧了给你们吃吧。'再叫你丈夫生好火，你在我的尾巴上捻上一股绳，拴个扣，用手扯住，我顺着烟火就能飞走，就把你救出来了。你千万要记住。"顶针姑娘答应说："记住了。"

顶针姑娘到了魔鬼家里一看，果然有五个半身的孩子，一个一个血口张得老大。顶针姑娘真有些害怕，她记住了宝马告诉她的话，装着像平常一样，对五个半身的孩子说："我知道你们都饿了，先把我的马烧了给你们吃吧！"说完她叫魔鬼生起一堆火。魔鬼把火生起来了，顶针姑娘牵马往火堆上一走，她扯住马尾上的套扣，就随着宝马飞走了。

魔鬼和五个半身的小魔鬼都大失所望，魔鬼怀恨在心，说："等我找到顶针的时候，我一定吃了她。"

顶针姑娘被宝马救出来了。宝马把她送到山里来向她求婚的那个青年猎人跟前儿，青年猎人一看是顶针姑娘，问她："这是怎么一回事？"她说："我是让魔鬼骗去，被我的宝马救出来了。"宝马说："你们俩才是真正的一对夫妻呢，你们就在这里结婚过日子吧。"青年猎人和顶针姑娘就在山里结婚了。

过了三年，顶针给青年猎人生了两个孩子，一个是男孩

神秘的泉水

儿，一个是女孩儿，长得都挺好看，非常招人喜欢。

有一次顶针的丈夫骑上宝马，要出远门去打猎，得十多天才能回来。这消息被魔鬼知道了，就跑来要吃顶针他们娘儿三个。顶针忽然想起父亲还给过自己一个宝贝木梳，于是就求木梳搭救。木梳变了个八根柱子的木棚子，叫顶针娘儿三个坐在棚顶上。魔鬼张开大嘴要吃他们娘儿三个，可怎么也够不着，就从嘴里吐出一把斧子，用斧子砍柱子。这时顶针就喊："宝马呀快回来吧！宝马呀，快回来帮助我打死魔鬼吧！"顶针这么一喊，在千里之外的宝马听见了急得够呛，怎么办呢？就叫山里的老虎、狐狸和黑熊先去帮一下忙。

山里的老虎、黑熊和狐狸都来了。这时魔鬼快要砍断第二根柱子了，狐狸来了要求替魔鬼砍柱子。魔鬼把斧子交给狐狸，自己就坐在一旁睡觉了。醒来一看，狐狸不见了，斧子也被拐走了。他又吐出一把斧子去砍第二根柱子，眼看要砍断了，可也把他累得够呛，这时候又来了一只黑熊要求替魔鬼砍柱子。黑熊说："我有劲儿，我替你砍吧！别看狐狸撒谎，我可不能。"魔鬼又信了，把斧子交给了黑熊。魔鬼实在累得很，躺下又睡着了，黑熊一看他睡着了，把斧子也给拿跑了。魔鬼醒来一看，黑熊也已无影无踪，这回急眼了，又吐出一把大斧子，自己砍柱子。他已经砍断五根柱子了，正砍第六根的时候，老虎来了，要求替魔鬼砍柱子。魔鬼满身大汗，实在有些累了，就把斧子交给了老虎，他又睡着了。老虎照样把斧子给拐跑了，魔鬼起来一看又上当了。他只有三把斧子，再也吐不出斧子来了，就用牙啃柱子。就剩最后一根柱子了，顶针和两个孩子眼看要被魔鬼吃了，就在这时候宝马驮着顶针的丈夫回来了。宝马告诉主人："你照准魔鬼的七窍连射七箭，他就死了。你射吧，他要跑，我会帮助你不让他跑。"宝马落下来，顶针的丈夫照着魔鬼的七窍就开射了，连射七箭，七箭都射中了，魔鬼被射死了。

自从魔鬼死了以后，山里可太平了。青年猎人和他的妻子过上了幸福的日子。

隋书今　搜集整理

金凤凰

很早很早以前,有一对贫苦夫妇,年仅四十,便相继离开了人间,留下十七岁的老大春华、十六岁的老二春良两个儿子。兄弟俩没法生活,每天不是上山打柴,就是给官家做工度日。

一天中午,兄弟俩从山上砍柴回来,走到一棵大青树下。春华见春良挑着重担,累得实在走不动了,便说:"歇一会儿凉吧!"两兄弟刚坐下,眼皮就合在一起了。就在这时候,对面山上传来叫喊声:"快点儿追!别让它跑掉了。"叫喊声把兄弟俩惊醒了,一时不知是什么事,再听听,又什么声音也没有了。两人正纳闷儿间,只听得"扑噜噜"一声,一只被箭射中、金光耀眼的鸟儿,跌落在离他们只有两步远的地方。

春良眼尖手快,一个箭步冲上去,抱起带伤的鸟儿,就把它藏到了高过人头的草丛之中。

他们回到大青树下坐定,几个像老水牛爬坡一样喘着粗气的人到了他们跟前。为首的是个身穿绸缎的有钱人,冲着春华和春良问道:"瞧见一只凤凰从这里飞过去了吗?"

"我们才睡醒,啥也没有看见。"两兄弟回答道。

这伙人听了没好气,骂骂咧咧地一窝蜂往后山追去。两人见他们已经走远了,赶快回到草丛中看金凤凰。

春华慢慢地抱起凤凰,春良轻轻地拔掉凤凰身上的箭头,当即扯一把草药,用嘴嚼烂敷在伤口上,把身上的破麻片撕下一块,包了凤凰的伤口。待天黑了,兄弟俩才抱着凤凰回家去了。

回到家里,两人把凤凰严严实实地藏起来。怕它口渴,就背上竹筒,跑到山涧取清凉的泉水;怕凤凰的金光漏出来,就用茅草和芭蕉叶把漏光的地方全遮好;怕它伤口化脓,又用温水把伤口上的血洗净擦干。从此,春华和春良把凤凰当作他们的伴侣,关心它、爱护它、体贴它。煮好的饭,先端给它吃饱;烧好的汤,先让它喝足。过了六十五天,凤凰的伤全好了。

一天深夜,春华对春良说:"凤凰离家已经两个多月了,它的父母一定在惦念着它,我们得设法把它送回去。"春良听了很赞成,便高兴地说:"就是在天边,也要把它送回去。"

这一夜,凤凰也激动得合不上眼。它想起春华和春良的体贴和照顾,听到他俩的对话,感动得眼泪就像山涧的泉水,

金凤凰

不停地往外流。

　　第二天，兄弟俩像往常一样，又上山砍柴了。回来后，煮好饭就端给凤凰先吃。谁知，春良把囤子一掀开，只见一道耀眼的金光，冲了出来，他一惊，眼睛几乎都睁不开了。再往囤子里一摸，不见了金凤凰，手里却摸出一堆金银珠宝。顿时，春良叫了起来："哥哥，凤凰给我们留下金银啦。"可是春华却说："这金银珠宝再多，也是凤凰的，没有我们的份儿。我们不能贪图凤凰的便宜。"春良也晓得哥哥说的有道理，可是该怎么办呢？兄弟俩商量来，商量去，决定背着金银，分别沿着寨子外的两条小道去寻找凤凰，把财宝全部还给它。第二天，兄弟俩分了手。

　　春华朝左边道上走，走了很远的路程，到了一个很穷的山寨。他把筒帕里的金银掂了又掂，数了又数。正在这时，迎面来了个逃荒的老人，一见面，老人就向春华乞讨金钱食物。春华见他衣服破烂，饥饿难忍，实在过意不去，就把自己积攒的一点儿路费，掏出来分给他一半。老人十分激动，忙对春华说："你们兄弟二人已救了我姑娘，我还来不及感谢哩，哪里还敢再要你这点儿钱！"说得春华摸不着头脑，问老人是怎么回事，老人才说，他就是金凤凰的父亲。春华高兴极了，便把金凤凰留下的金银全部交给了老人。老人一看，竟流下了眼泪，难过地说："直到现在，我还没有见到我的姑娘啊！"春华觉得奇怪：金凤凰不是回家了吗？怎么又……老人深深叹了口气说："金凤凰已被国王的侄儿抓去，用铁笼关着，听说明天一早就要被杀了吃掉啊！"老人说到这里，再也说不下去了。

听了老人的话，春华火冒三丈，马上把筒帕交给老人，要动身去救金凤凰。

老人一把拉住春华，对他说："你不会武艺，只凭蛮干，怎么进狼群窝，救出金凤凰？"

再说春良，他从右边道上寻，走了三十零一天，还是找不到那只金凤凰。他走哇走，来到了一个很富的地方。他朝城里一望，见那里的人披麻戴孝，毫无笑容。一问行人，才知道这里的国王刚死。国王无子，无人继承王位，而国王的几个侄儿又争吵不休，都嚷着要继承王位。众臣民无法选定，只好到庄房里磕头，念经，请求上天下旨意。一天，佛爷突然传旨："用金象拉着银车，拉到谁的面前磕几个头，谁就能继承王位。"大臣听了，纷纷找象备车。

选国王的日子到了。百姓们牵来金象，套上银车，赶着，赶着，金象拉着银车不往城里走，却朝城外奔跑。金象拉呀，拉呀，一直拉到一块岩石脚下才停住。这时，只见金象前蹄跪下，向着岩石连磕了九个头。百姓们不知怎么回事，大家找来找去，突然在大岩石顶上发现了春良。他们便敲起了象脚鼓,吹起了葫芦笙,把春良高高抬起,边走边喊:"合意了!合意了!"

这下可把春良难住了,心想:我是去找金凤凰,还它的金子,不是来找国王当的,怎么能接受这么大的差事呢?他找了个借口,连忙解释:"我穷得连一个草棚子都盖不起,一件像样的衣服都穿不上,哪能当国王呢!"百姓们哪管这些,把他拖进银车,金象乖乖地把银车拉到了宫殿里。

夜里,春良想着自己的心事,想着金凤凰,翻来覆去睡不着。他正想趁夜深人静,逃出皇宫,忽听到外面有少女的哭声。春良感到奇怪,便问卫兵出了什么事。那卫兵告诉他:"前两天国王的侄儿,不知从哪里捉到了一只叫'金凤凰'的神鸟,听说,吃了这种神鸟的头,不到三年就可以当国王。为了吃到这只鸟的头,弟兄三人争吵了五天,最后定在明天一早杀了吃。国王您刚才听到的,就是这只'金凤凰'的哭声。"

春良听到这里,便忙命令卫兵把神鸟带进来看看。卫兵不敢违令,立即把神鸟带来了。春良细细一看,神鸟正是自己要寻找的金凤凰,不知不觉地流下了痛心的泪珠。他把金凤凰轻轻抱起,哭泣着问道:"金凤凰啊,金凤凰,你不告诉我一声就走,竟落到他们的手中!"

话才说完,只见金光四射,金凤凰一下子变成了一位美丽的少女，在春良的面前跪下身来，说："春良哥，那晚你们二位哥哥商量，要攒钱送我回家，我不忍心再让你们吃苦，就趁你们上山之后，偷偷走了。谁知，我因赶路过急，累得全身大汗，便停留在皇宫后面的水塘边喝水。不料被少爷们发现，把我抓住，关到了铁笼里。"

春良半晌才说："你走得太急，忘了把你的金银带走，我兄弟二人分头找你，就是要把财物送还给你。"说完，取下筒帕，请金凤凰清点。

金凤凰赶忙谢绝道："这是我留给两个哥哥的一点儿薄礼，为何要还给我呢？今日破晓，他们就要杀我，要这金银有何用？"

破晓时分，春良把卫兵叫来，传令道："立刻把这神鸟放了，要有个三长两短，苍天不依！"

卫兵不敢违抗，立刻把金凤凰放了。春良见金凤凰翩翩飞起，十分高兴。

金凤凰回家了，全家人都喜出望外。老人家拿出了珍藏多年的香醇的糯米酒，庆祝女儿脱险归来；姐姐银凤凰端出了喷香的糯米饭，不住地往妹妹的碗里添，以解除妹妹的饥饿和疲劳。春华呢，正在金凤凰家，见到久寻未遇的金凤凰，更是欢喜若狂。他吹起了动听的葫芦笙，亮开优美的歌喉，歌唱金凤凰，歌唱这幸福美满的家庭。

金凤凰向大家讲了春良救她的事,大家听到春良的下落,都十分高兴,一家人决定明天就去祝贺春良当了国王。

春良得知金凤凰一家及哥哥前来看望,急忙迎出宫来。凤凰父亲提出:把银凤凰嫁给春华,金凤凰嫁给春良。王宫的大臣们听了也很高兴,不久,凤凰父亲就给他们办了婚事。从此,全家过上了幸福美满的生活。

杨忠德　潘丽莉　搜集整理

三邻舍

从前，在靠近黄河岸的地方，有个山清水秀的小山村，叫大河家。村里住着三户人家，风来三家挡，雨来三家顶。三家人同甘共苦，互帮互助，勤勤恳恳地过日子，谁也不敢欺负他们。

三邻舍有三个当家的，这三个人，各有一套神奇的本领。东家大哥是个"风里耳"，风吹草动，远远近近的声音，只要顺风一听，都瞒不过他的耳朵。西家二哥是个"穿山眼"，不管眼前隔着万重山，只要定睛一瞅，山背后梅花鹿怎样喝水，都看得一清二楚。北家三哥是个"万能手"，心灵手巧，会做各式各样的稀罕物件，就是要摘星星，他也能造出一架登天梯。这三邻舍，和和睦睦相处。南山有个魔王，对他们非常嫉妒，千方百计总想害这三家人，只因为三邻舍很要好，什么诡计都能被三兄弟齐心合力破除。这一来，南山的魔王越加气恼。

一天，魔王又想出了一条毒计。他叫河神发三天洪水，把三家人淹死冲掉。魔王和河神刚在南山里嘀咕,话还没落地哩,早已被风里耳大哥听到了。

"弟兄们!"大哥风里耳说,"魔王叫河神发洪水淹咱们呢,快想办法吧。"

万能手三哥想了想说:"如果有两只牛皮胎,我们就不怕了。"

"让我看一看。"二哥穿山眼说着,向四面八方扫了一眼,又说,"哈,正好,雪山背后的古寺里,一帮脚户在宰牛呢。你瞧,牛肉已经挂在梁上了,两只牛皮胎在地上扔着哩。"

三哥万能手说:"我马上去把它买回来。"说罢,用一两银子,把两只牛皮胎买来了。他用三斤雪花盐、三升好清油,把牛皮胎涂擦了几遍,吹饱了气,气鼓鼓的皮胎,拴绑在桦木排子上,连夜做成了水上工具——双牛。这种"双牛",放到水面上漂荡起来,又轻便,又平稳。据说,后世黄河上使用的皮筏子,就是从这里流传下来的。

第二天,黄河里果然发了洪水。水淹树,水爬山,洪水吞掉了绿草滩;水盖地,水连天,洪水的浪头卷上太子山。可是,这三邻舍却平平安安地坐在双牛皮筏子上,桨板拨开千层浪,游游荡荡,嘴里还哼着山歌呢。

魔王和河神干瞪着眼,没有办法,只好把洪水收了。风息了,浪静了,洪水退了,三邻舍又回了家,平安过日子。

三鄰舍

魔王的诡计又没得逞,但是还不甘心。这一年夏天,他又叫瘟神打开瘟疫葫芦盖子,谋害三邻舍。他们的话刚出口,风里耳就听到了。

"弟兄们!"大哥风里耳说,"魔王叫瘟神散布疫病,要害死咱们呢,快想办法吧!"

万能手想了想,说:"不要紧,如果咱们能找到一种艾叶草,就不怕瘟疫了。"

"让我来看看,哪里有这种草?"穿山眼向四面八方一瞅,看见高高的太子山顶上,满山满坡都长着大片的艾叶草。于是,三兄弟便划起双牛皮筏子,渡过黄河,登上太子山,采来了几大捆艾叶草;又各自在自己的菜园里,挖了很多红皮大蒜。当瘟神打开瘟疫葫芦盖子,散布疫病的时候,三家门口,早燃起了避瘟草。艾叶草的香烟升起,逼住了瘟气。三邻舍怀里揣着红皮蒜,嘴里嚼着红皮蒜,鼻子里塞着红皮蒜。各人都提着大汤瓶,又洗手脸又洗澡,浑身上下,洗得干干净净,疫病一点儿也沾不着他们。从此,人们都知道,艾叶草和红皮蒜,是避瘟免疫的宝物。

魔王怎么也不甘心,后来又想了一个软办法。他叫来了当地山中的一种弄舌鸟,样子就像猫头鹰,名叫"嗤叫子"。

魔王对他说:"用你的花言巧语,去挑拨三邻舍吧。只要他们三家闹开了,我便一家一家收拾他们!"

这天晚上，嗤叫子落到风里耳的房檐上，放开嗓门儿怪声怪气地唱道：

咕咕登，咕咕登！
风里耳阿哥你听呀，
你的本领比天大；
没有阿哥的一对耳，
你那两家邻舍早就淹死啦！

风里耳正在捆柴，听到嗤叫子唱得不入耳，便顺手抄起一根柴火棒，把这捣弄是非的鸟儿撵飞了。

第二天夜里，嗤叫子飞到穿山眼院里的桃树上，提高嗓门儿怪声怪气地又唱开了：

咕咕登，咕咕登！
穿山眼阿哥你听呀，
你的本领比天大；
没有阿哥的一双眼，
你那两家邻舍早都病死啦！

穿山眼正要做礼拜，听到嗤叫子唱得心里烦，便骂道：

"滚！别在我耳根前说坏话！"说着，拾了个石头把这编白道黑的鸟儿撵走了。

第三天夜里，嗤叫子又飞到万能手门口，尖着嗓子怪声怪气地唱起来：

咕咕登，咕咕登！
万能手阿哥你听呀，
你的本领比胡达大；
没有阿哥的一双手，
你那两家邻舍早都完蛋啦！

万能手正提着汤瓶洗脚，听到嗤叫子这么唱，不觉暗暗点起头来。嗤叫子看万能手动了心，趁机又唱道：

咕咕登，咕咕登！
万能手阿哥你听呀，
你用好心对待两邻舍，
他们在背后说坏话。
说你是个大草包，
耳朵聋，眼睛瞎，
没有他两家，

你能顶个啥!

万能手听着听着,把手里的汤瓶一摔,生气地说:"哼!想不到我的两家邻舍这么坏——我离开你们,难道就活不下去了!"

从此,万能手怀恨在心,再也不理两家邻舍了。东家种田,想请他帮帮忙,他不去。西家要借他的斧头用一用,他推说没有,不借给。这么一来,三邻舍经不住嗤叫子每天夜里飞来叫唤,搬弄是非,渐渐失了和气。万能手划着双牛皮筏子,搬到太子山下去住了。穿山眼赶上尕驴,到三二家地方落了户。只丢下风里耳一家,留在原来的地方。

魔王见到这种情况,心里很高兴,便接连施用风旱雨涝各种灾害,折磨这三家。三个老弟兄因为不能互帮互助,吃了不少苦头,终于受不住各种灾害,都先后死了。临死的时候,他们才觉悟到,便都嘱咐他们的后代儿孙:一定要和睦团结,齐心合力,只有这样,才能战胜恶魔降下的灾难。

乔维森　野　枫　搜集整理

神箭手射雁

正如人们常讲的许多故事一样，这个故事里也有一个国王。国王有一位非常美丽的公主。公主已经长大了，国王问她，愿意嫁一个怎样的丈夫。

"父王啊！"公主说，"我们的国家是个弱国，很需要英雄来抵抗外来的侵略——如果让我来选择丈夫，不论贫富贵贱，只要是武艺出众、弓马纯熟的英雄，我就愿意嫁给他。"国王觉得公主这个主见很好，于是，传旨为公主招一个武艺高强的英雄做驸马。

草原上有一个牧主的儿子，是一个游手好闲的家伙，平常只知道坐在帐篷里喝酥油奶茶，什么本领都没有。当他听到国王招驸马的消息之后，心里也痒酥酥的。于是，他在马群里挑了一匹最好的马，又到城里买了一张雕花宝弓，并在他所有的箭杆上，都刻上了一行字："天下第一神箭手"。就这样，他把自己装扮成一个武士的模样，先到草原上去实习围猎。他想：只要我能侥幸射着一只山鸡、野兔，就有资格去应聘了。

可是，这位"神箭手"到处奔跑了很久，却连一根山鸡毛也没有射着。他很气恼，暗想：凭我这样一个汉子，不会连一只禽兽也射不着，一定是我使用的弓箭不好的缘故！于是，他另请高手重新制了一套弓箭：弓背是用金丝缠的，弓弦是用虎筋拧的，箭头是用银子打的，箭羽是用孔雀毛粘的。这真算得上世界上最漂亮的弓箭了！

牧主的儿子很高兴，他带上这套新制的弓箭，又去射猎。恰巧天空有一队鸿雁飞过。他开弓射箭，弓弦响时，竟有一只雁翻着筋斗，从白云下面直直跌落到草原上。牧主的儿子大喜过望，急忙纵马扬鞭，跑过去拾起了那只中箭的死雁。当他仔细检查猎物时，吃了一惊，原来穿在鸿雁咽喉上的不是他的箭。显然，这雁是另一个人射下来的。他懊丧地想了一会儿，心里想：不，好不容易我才得到了这么一只雁，无论如何，不能让别人抢去！于是，他拔掉那支普通的竹箭，把他的银箭插到死雁的脖颈儿里，打马就要回去。这时，从远处走来一个年轻的猎手，拦住了他的马头。

"朋友！"猎手说，"你怎么把我射的雁拿走呢？"

"你胡说！"牧主的儿子答道，"我没有见到你的什么雁。你在哪里射的，就到哪里去找吧！"

"我用不着到别处去找，你手里提着的就是我射的雁！"

神秘的泉水

"什么？你真是睁着眼睛说瞎话！你也没有仔细看一看，这只雁的脖子上究竟穿着谁的箭？"

年轻的猎手冷笑一声，说："你偷着换去了我的箭。"

两个人各不相让，争吵了半天。最后，他们一同去请求国王给予公正的裁判。国王听完了他们各自的申述，也没有办法弄清楚这只死雁究竟是谁射的。还是公主聪明，她亲自来断这个官司了。她说："真金不怕烈火炼，真是好汉，就不怕当面试验。看，天上飞过一队鸿雁，你们两个何不来比试一下？"

"是的，是的！"国王接着说，"要是谁能射落飞雁，我的女儿就许配给他！"

这时候，正有一队鸿雁从头顶飞了过来。

公主问："你们谁先射呢？"

年轻的猎手回答："就让他先射吧！"

"不！"牧主的儿子说，"我要等到最后，才向尊贵的公主奉献我的绝技。"

猎手不再推让，抽弓搭箭，"嗖"的一声，就有一只鸿雁从天空直掉下来。周围立刻发出一片喝彩声。

牧主的儿子见对手取得优胜，心里早就慌了。他真希望，这时候天空不再有雁出现。可是，接着又有一队雁飞过来了。

公主笑着说："现在，就看你的了！"

牧主的儿子没有办法，只好慢慢地抽出弓来，迟迟地搭上箭，装腔作势，向天空瞄准。瞄了老半天，也没有勇气把这支箭射出去。公主等得不耐烦了，便走到他的身后，在他的肘子上轻轻地撞了一下，催促道："你快射呀！"

牧主的儿子给公主这么突然一撞，心里一惊，手一松，那支箭便离弦直向天空窜去，恰巧射在一对并排飞着的雁身上，大雁立刻双双带箭落下地来。这意外出现的"奇迹"，使所有的人都惊呆了。牧主的儿子也万万没有料到，他的箭会射得那么巧。现在，既然两只雁都射中了，他的胆子也壮了起来。

"公主啊！"他说，"你刚才不该撞我那么一下子，我是等雁队排好了，要一箭射下十只来。可惜，因为你这一撞，我只射下了两只！"大家听他这么一说，纷纷议论，都赞扬他不愧是"天下第一神箭手"！

这时候，公主笑着对年轻的猎手说："你是一个很不错的弓箭手！可是，你今天遇到了比你更高强的劲敌，你输了！"

年轻的猎手说："是的，公主，是我输了。不过，我的劲敌是这偶然的'巧合'，希望不是冒充的'神箭手'！"说罢，扬长而去。

国王选得了这样一位一箭能射双雁的"神箭手"，心里非常满意，便把公主许配给他，选定三日后举行婚礼。

不料，刚到第二天，就发生了突然的变故。邻邦的强敌窜入国境，进逼都城，战争爆发了！国王当即召见新驸马，要他上阵退敌。公主连夜绣了一面锦旗，旗上是金碧辉煌的七个大字："天下第一神箭手"。

第三天，国王、公主及全体臣子都登上城楼观战。牧主的儿子心里虽然吓得发抖，但还是强装好汉，硬着头皮，领兵上阵。敌人的军营里恰巧也有一名好箭手。当他们看到那面锦旗上绣的大字时，便提议在阵前比赛射箭。当然，在战场上比试，那就不同于天空射雁了——双方互射，不是你死，就是他亡。国王接受了对方的要求，下令驸马与敌人当阵比箭。牧主的儿子心慌意乱，连向对手射了三箭，都落空了。他急忙拨转马头，想要逃走，敌人已从后面赶来。只听弓弦响时，一支箭已从他的背后穿透前胸，他当即栽下马来。

所有在城楼上观战的人们，都大惊失色。就在这时，那位年轻的猎手，不知从什么地方跑了出来。他挽弓搭箭，只一下，就射倒了跃马奔驰的敌方箭手。国王大喜，乘势擂鼓催兵，一战就打败了敌军。

故事结束了。美丽的公主真正选到了一位英雄的丈夫。

赵燕翼　搜集整理

珠子降龙

在茫茫大海中，有个小小的岛国。那里四季如春，老百姓耕地又做海，无忧无虑。

在这岛国的海面上，耸立着一块巨大的岩石，岩石壁上，隐隐约约刻着"天剑在此"四个篆字。

有一年，岛国上忽然刮起一阵妖风，霎时间天昏地暗，飞沙走石。妖风过后，岛上草木枯黄，人死畜亡，全岛一片凄凉。

就在这一天，发生了一件奇事：有个寡妇，梦见乌云里飞下一只白鹤，吐出一颗明珠，这明珠飘飘荡荡，滚进她口中，钻进她肚里去了。这寡妇惊醒后，感到腹内疼痛难忍，眨眼之间竟生下一粒像饭碗一般大的玉珠。妇人正在惊异，玉珠"嘭隆"一声裂开了，跳出一个尺把高的小红孩儿来，笑着喊了一声："妈妈！"

岛上百姓，听说寡妇生了一个奇人，都来看望。因为孩子降生时是一颗玉珠，大家都叫他"珠子"。

珠子一天长高一寸，不几天就变成了一个后生哥。

一天，他和乡亲来到海滩上，指着远方的海面说："那就是降灾的妖龙。"众乡亲眯着眼睛细看，除了滔滔的海浪，哪里见什么妖龙？珠子用手抚摸一下大家的眼睛，大家这次真的看见了：在大海中间果然有条绿色的巨龙正在翻腾跳跃，张着大口喷云吐雾，两只眼睛大得像两个大灯笼，闪射着青光，两只角就像粗大的树杈，十分凶恶。大家惶恐地说："我们的灾难又要来了！"珠子安慰大家："我一定要为岛国灭除妖龙。只要我找到天剑就能将他斩杀。"提起天剑，大家想起那块刻着"天剑在此"的大石头，便带珠子去看。

珠子提着石凿和大锤，每天从早到晚，叮叮当当地凿那块大石。凿子断了四十九把，身上伤疤也有四十九处，手指上裂了四十九道口子……但是他不叫苦、不停歇。母亲劝他说："儿呀，这石头那么大，那么硬，到哪时才能凿穿啊？"乡亲也劝他，可他总是说："妈妈呀，乡亲哪，天下无难事，只要人心坚！为了征服妖龙，我不拿到天剑决不住手！"

他每天在石旁吃，在石旁睡，日夜不停地凿，终于有一天，把巨石凿出了一条大缝。他抡起大锤把巨石砸开，只见一道银光从缝里射出。他定神细看，石缝中露出一截剑柄来。珠子双手捏紧，使尽全力，猛地一拔，铿锵一声，巨石分裂，天剑拿在手上了。他笑啊，叫啊，唱啊，跳啊……一直跑回岛上。

珠子得了天剑，日夜苦练武艺。最后武艺也学成了，他挥剑生光，如霹雳开天；他举步生风，行走如飞。他向乡亲们告别，要去除掉海中妖龙。乡亲们敬他三勺椰子酒，珠子一饮而尽，然后手执天剑，踏水凌波而去。妖龙见了珠子，狂吼道："胆大包天，敢来送死！"珠子并不答言，对准龙头就是一剑。妖龙躲过剑锋，猛举前爪向珠子扑来。珠子眼快，轻轻一闪，就从爪缝间穿将过去。妖龙转身不及，被珠子连劈几剑，鲜血染红了海面。

妖龙垂死挣扎，继续向珠子猛扑。他俩整整斗了两日，妖龙渐渐体力不支了。珠子转到龙尾，正想跨上龙背，用剑斩他的颈，可是妖龙尾巴一翘，把珠子抛上了半空。珠子跌下来，只觉得一阵剧痛，眼前漆黑，周身灼热，腥臭灌鼻。只听妖龙闷声闷气地狂笑道："哈哈……如今你被我吞到肚里来了，你斗败了吧？"珠子猛然醒悟，幸得天剑还握在手中，于是他用力把剑往妖龙肚子上一划，妖龙大声哀叫，乞求珠子饶命。珠子哪里肯依？大声地问："哈哈！你认输吗？"妖龙道："我服输了！"珠子笑着说："既然认输，那么你听着：第一，立刻把狂风收住！"妖龙被迫把头点一点，呼呼的狂风马上息了。珠子又说："第二，马上将乌云驱散！"妖龙把角一摆，满天乌云立即飘散。珠子笑了，又

珠子降龙

说:"第三,立即息住浪涛!"妖龙马上闪动双眼,海面也跟着如碧镜般平静下来了。

这时岛上百姓忽然见天高气爽,风平浪静,草木生辉,百鸟歌唱,知道珠子果然降服了妖龙,纷纷敲锣打鼓,拥到海滩来迎接珠子。珠子在龙肚子里听到一片欢呼,好不快活,将剑用力向下一扎,妖龙惨叫一声,猛地向上一蹿。就在妖龙最后一跃之间,天剑把珠子从龙肚子里拽了出来,而这把剑正好插进那块"天剑在此"的岩石里。妖龙从半空中摔了下来,沉到海底去了。这时,那块石头重又合拢起来,把那把天剑又包了进去,石面上也出现了"天剑在此"四个字。众乡亲见此光景,人人欢歌,个个起舞。正在欢庆之际,忽然天外飞来一只白鹤,从珠子的身边掠过,珠子一跃,便骑到鹤背上向彩霞里飞去了。

符达升 苏维光 陈麒 归苑 搜集整理

失去亲妈的姑娘

在很早很早以前,有这么一家人,夫妻两人只有一个女儿。日子本来过得很和美,没想到一天母亲突然患了病,没有几天就死了。父女两人非常悲伤,特别是女儿整天哭哭啼啼想妈妈。父亲没有办法,只好又娶了一个妻子。这个妻子还带来一个男孩儿和一个女孩儿,男孩儿比原来的女儿大,女孩儿比原来的女儿小。父亲原想娶个妻子好好照顾自己的女儿,没想到,这位后妈嫁过来的头一天就让失去亲妈的姑娘受气。

从那一天起,这位姑娘可就倒霉了。家里好吃好穿的不是给后妈带来的哥哥就是给带来的妹妹,重活儿脏活儿都压到这个年幼姑娘的身上。就这样后妈还是看着她不顺眼,想方设法地要谋杀她。

一天早晨,哥哥虚情假意地对姑娘说:"好妹妹呀,今天我带你到森林里去玩儿,我在树林里砍柴,你到草丛里去拾草莓果,等到傍晚时我再带你回家。"

姑娘信以为真，多少日子啦，不敢离开家门口，不是劈柴就是提水，慢一点儿就要挨打挨骂，哪敢去树林里玩儿啊！姑娘急忙拎着小木桶，高高兴兴地和哥哥赶着马车上山去了。

前面就是古老的原始森林了，哥哥对妹妹说："好妹妹啊，咱俩到林子里去吧。"哥哥领着姑娘，东转转西绕绕，姑娘早就分不清东南西北了。来到老林深处，哥哥说："好妹妹呀，我就在这砍柴，你自己拾草莓去吧，等到听不见我砍柴的声音时，就来这里找我，咱们好一块回家。"姑娘答应了一声，就拎着小木桶钻进草丛里拾草莓去了。

林子里的草莓可多了，又红又甜，姑娘边吃边拾，一会儿就装了小半桶。拾了一阵，感到累了，便坐下来休息，听见远处仍然响着哥哥砍柴的声音，她一点儿也不害怕，不知不觉在金色的阳光下睡着了。等姑娘醒来，天快黑了。她揉了揉眼睛，听见远处又传来轻轻的砍柴声，她觉得该回家去了。于是，姑娘迎着"梆、梆"的声响匆匆走去。到那里一看，哪有哥哥的影子？只见一根高高的树枝上用绳子吊着一段木棒，风儿吹得木棒来回不停地撞击树干，发出"梆、梆"的声响。原来哥哥欺骗了她。

这时，天色已黑，山风吹到姑娘的身上，她禁不住打了个寒战。姑娘一边走着，一边哭着喊着，好不容易走到了森林的边缘，遇到了一位夜间的牧马人，她上前问道："好心的牧马大哥啊，我和哥哥来林里砍柴拾草莓，现在迷路找不到家了，您可曾看见我那个砍柴的哥哥吗？"

牧马人说："姑娘，你不要悲伤，我没有看见你的哥哥，也不知道他的去向。这样吧，你先帮我放一天马，我送给你一匹骏马作为酬劳，你骑着去找你哥哥回家。"

姑娘留下来帮助牧马人放了一天马。第二天，她骑上骏马上路了，走到半路，又遇到一位放牛的人。姑娘急忙下马，恭恭敬敬地上前问路。放牛人说："姑娘，如果你愿意的话，就先帮我放一天牛吧！"姑娘答应了，帮他放了一天牛。第二天临走时，放牛人给了姑娘一头牛，并且告诉她说："孩子，你很勤劳，这头牛送给你作为酬劳。你骑上马，赶着牛，顺着这条路向前走吧，前面有幸福在等着你。"姑娘走着走着，又遇到一位放羊的人。她又帮他劳动了一天，临走时，牧羊人送给她一只羊，为她指明了前进的道路。

姑娘走着走着，天黑了，四处不见一个人影，心中很害怕。忽然，她发现前面有一点点火光，急忙赶着牛羊走去。走近一看，原来这里是一座古老的木屋。姑娘跳下马，把缰绳绑到拴马桩上，把牛羊圈好，轻轻地走进屋里，看见木板炕上坐着一个老太婆。

原来这是个有法术的老太婆。姑娘恭恭敬敬地向老太婆

神秘的泉水

问道:"老妈妈,您看见我哥哥从这里过去了吗?我找不到回家的路了,您能告诉我吗?"

老太婆不慌不忙地说:"姑娘,你一定是又累又饿了吧?先住下再说吧,我身边没有孩子,你先帮我做些事情,就算是我的小女儿吧。"姑娘愉快地答应了。

第二天,老太婆让姑娘给她洗个澡。姑娘一清早起来,就去劈柴、提水,把澡房和水烧热,请老太婆去洗。老太婆说:"姑娘,我走不了路,你拉着我的手把我拖到澡房去吧!"姑娘说:"那怎么能行呢?您这么大的岁数了,那样做不是太没礼貌了吗?让我背着您去洗吧。"

进了澡房之后,由于木板架很高,老太婆坐不上去[1],就对姑娘说:"你先上去,然后抓住我的头发,把我拉上去吧!"

姑娘说:"拉头发多痛哟,还是让我把您抱上去吧!"

老太婆身上出了汗以后,说:"姑娘,你用扫帚把儿使劲儿抽打我的身子,让我洗得更痛快些。"

姑娘说:"不,那样您会受不住的!"姑娘用软扫帚为老太婆搓背、搔痒,洗完之后,又背着老太婆回到房里休息。

老太婆摸了摸头发说"姑娘,我的头很痒,你用梳子好好地给我梳梳吧!"姑娘用老太婆的一把金梳子轻轻地给老

---

[1] 当地洗澡是先在热房里的木板架上坐着出身汗,然后用扫帚搓背,最后才用温水冲洗,既洗得干净又能解乏。

太婆梳头,每一下都梳下很多金子、银子和珍珠、宝石。姑娘将梳下的那些金银珠宝,都细心地为老太婆收拾起来。

梳完头,老太婆说:"姑娘,我忘了穿一件衣服,可能忘在澡房里了,你快去给我拿回来吧!"当姑娘匆匆出去取衣服时,老太婆看到姑娘把从头上梳下来的珍宝一件也不少地放在那里。姑娘拿上衣服,见衣服的每个口袋里都装满了金银珠宝,也都如数交给了老太婆。

经过几次考察,老太婆知道姑娘是个善良忠厚的人,便说:"姑娘,你现在可以回家去了。"姑娘说:"老妈妈,我还不知道回家的路哩!"老太婆说:"我可以告诉你回家的路,我还要送你一只绿色箱子作为纪念。但是你记住,不能在路上打开看。"

姑娘谢过老妈妈,骑上马,抱着绿箱子,赶着牛羊,按着老妈妈指给的路高高兴兴地回家去了。

到了家门口,姑娘下马和后妈、兄妹见面问好,对他们述说了离别以后的情况,并当着父母的面,打开了绿箱子。原来,箱子里装的都是金银珠宝和各种名贵的东西。从那以后,后妈再也不敢虐待姑娘了,姑娘的生活也越来越好了。

一天,后妈想:这个姑娘真是运气好,不但没有死在森林里,反而得了那么多宝贝回来。我为什么不让自己的亲生女儿去一趟呢?我的孩子可比她精明,我相信她会弄回更多宝贝的。于是第二天早晨，就让她儿子带着小女儿去大森林里砍柴，要他像上次一样，把亲妹妹丢到深山老林里以后就悄悄回来。

姑娘边玩儿边吃草莓，天黑了，找不到哥哥，也找不到回家的路，就坐到地上大哭。哭了半天，见没有人来理她，只好站起来朝森林的一头走去。

走着走着，也像她姐姐一样，遇到一个牧马的人。她一边哭着一边不停地吃着小木桶里的草莓果，问道："喂！放马的，你见过我哥哥吗？我迷了路，你快告诉我该怎么走！"

牧马人说："姑娘，你能帮我放一天马的话，我就送给你一匹马，然后再告诉你回家的路。"

妹妹说："谁稀罕你那一匹马，我才不想帮你干那又脏又累的活儿呢！我是想找那个该死的老太婆，向她要金银珠宝！"

牧马人听了之后说："那样的话，你尽管朝前走吧！"

走着走着，姑娘又遇见一位放牛人。放牛人让姑娘帮他放牛，妹妹一撇嘴说："我可不想跟着牛屁股跑，也不想要你那一头牛，我想要一箱子宝贝。"妹妹又继续朝前走，又碰到一位放羊的人。她还是照样拒绝帮他放羊，急匆匆地朝亮着灯光的木屋走去。

姑娘走进老太婆的木房，问："哎呀，我亲爱的老妈妈呀，找到你可真是不容易啊，我的两只脚都走出泡来了。您看见过我的哥哥吗？他把我丢到森林里就不管了，您看我多么可怜哪！"姑娘一边装模作样地哭泣，一边不住地偷着看老太婆是否相信她。

老太婆说："姑娘，我想洗澡，你去把澡房的火生好，把水烧热吧！"

妹妹懒得劈木柴，结果澡房没烧暖，水也没有烧热，就回来说："老妈妈，我都准备好了，快去洗澡吧！"

老太婆说："姑娘，我走不动，你拉着我的手，把我拖到澡房里去吧。"

妹妹就死命拉着老太婆的手，一边拖一边叫着，把老太婆拉进澡房里。后来又按照老太婆说的，抓住老太婆的头发，把老太婆拉到木板上坐下，又用扫帚把儿狠命地抽打老太婆。洗完澡后，又急急忙忙地连推带揉地把老太婆弄到木房里，拿起金梳子就给老太婆梳头，把梳下来的金银和珍珠宝石，都拾起来装进妈妈给她缝的大口袋里。

老太婆说："行了，姑娘，你现在给我跳个舞吧！"姑娘就跳了起来。这一跳，就把口袋里的珠宝洒了一地。老太婆看在眼里，记到心上，嘴里什么也没有说。后来老太婆又让姑娘去澡房里拿忘掉的衣服，妹妹一看那件衣服口袋里装满了金银珠宝，又偷偷地掏出来塞进自己的口袋。她把衣服交给老太婆，老太婆又让她跳舞，又把口袋里的珠宝洒出来了。老太婆看清了她贪财的黑心，就送给她一个黑色的箱子，打发她回家去了。

妹妹走近家门的时候，后妈和哥哥就跑出来把妹妹接进屋里，紧紧地关上了门窗，娘儿三个在一起打开了黑箱子。突然从黑箱子里面蹿出一条大黑蛇，把他们娘儿三个缠死了。这真是好心得好报，恶人食恶果。

木哈买提　搜集
常世杰　翻译

坛嘎朋

在独龙人的传说中，坛嘎朋是从树桠巴中爆出来的人，由神将他养大。坛嘎朋什么东西都不吃，却长得飞快，不久便成为巨人。他很勤快，什么活路都会做。

住在独龙江两岸的人，习惯于砍种老火地，即将树木砍倒，放火烧掉后在地里种上苞谷、荞子和旱谷。有一天，坛嘎朋手提大刀去砍老火地。他使尽全身的力气砍呀砍，把一架山坡的树都砍倒后，高高兴兴地回家去了。

第二天，坛嘎朋到他砍倒的老火地一看，奇怪！怎么砍倒的树棵，又都活起来，长得绿茵茵、翠生生的。坛嘎朋惊呆了，是头昏眼花，还是记错了山坳呢？坛嘎朋挥动砍刀，不一会儿，又将树棵全部砍倒，挂着长刀回去了。他心里想：看明天这些树还能不能活？

第二天，坛嘎朋一大早就来到山坳，满山坳的树棵又都复活了。坛嘎朋更加奇怪，他心里盘算着，一定要看个究竟。于是，他又砍倒全部树棵，然后转身回家。

夜里，坛嘎朋背着弓弩，挂着腰刀，悄悄地上了山，找个地方躲了起来。不一会儿，一个白胡子老倌来了，只见老人把砍飞的木渣一块一块捡起来，放成一堆，然后对着木渣"噗、噗、噗"吹了三口气，只听见"唰、唰、唰"一阵响声，大树、小树、刺棵都直立起来，并长出茂密的枝叶。坛嘎朋看着这个神奇的老人，简直吓呆了。坛嘎朋取下弓弩，正准备射白胡子老倌，忽然，老倌不见了。过了一会儿，老倌却从坛嘎朋身后走过来，拍拍坛嘎朋的肩头，慢条斯理地说："阿朋，我们还是亲戚哩，我才来劝你。"

这个白胡子老倌原来是猛朋天神。他对坛嘎朋说："我有两个侄女，人长得不错，心肠又好，如果你能完成我交给你办的事情，我就把一个侄女许配给你做媳妇。"坛嘎朋点点头，表示同意。

猛朋天神指着一棵老树说："这棵树又老又滑，你能爬上去吗？"

坛嘎朋没学过爬树，他使尽了力气也爬不上去。天神的独眼侄女很喜欢坛嘎朋，她见坛嘎朋爬不上去，就偷偷地将一块树胶递给坛嘎朋，坛嘎朋接过树胶擦在手上，用脚一蹬，就爬上了高入云天的大树。猛朋天神见了，非常高兴，说："我的侄姑爷，你真有两下子。"

猛朋天神又捉来一条又粗又长的大蟒蛇，把它放了，并对坛嘎朋说:"你能把这条蛇捉住吗?"

坛嘎朋猛扑过去,按住蛇的七寸,伸手捉了起来。

猛朋天神笑眯眯地说:"我的侄姑爷,你真了不起!"

第三次,猛朋天神又拿来一窝老土蜂,连蜂包一起挂在树上。土蜂像发了疯似的,乱飞乱螫。猛朋天神问坛嘎朋:"你能把土蜂窝拿下来吗?"

坛嘎朋这时正抽着一袋老烟草,吐出的烟雾像一堆一堆的黑云,老土蜂全被熏跑了。

猛朋天神称赞坛嘎朋:"我的侄姑爷,你真聪明!"

猛朋天神为了考验坛嘎朋的本事,将坛嘎朋带到很远很远的地方,丢在一处深山老林里,转眼间,猛朋天神不见了。

坛嘎朋身困老林,分辨不出是什么地方。忽然,他发现森林深处有一星火光,便向火光奔去,走近一看,是一座木板房。木板房里住着老熊和老虎的父母,长得像人一样,看不出一点儿破绽。坛嘎朋走进木板房,主人十分殷勤,让他烤火,给他饭吃,还问坛嘎朋有什么困难,需要他们帮忙。坛嘎朋向主人诉说了迷路的经过,并希望找个人做伴,指给他回家的路。男主人和女主人商量要让阿卜(老虎)给他做伴,女主人不同意,说阿卜的脾气怪得很,还是让老熊去。二人争执了半天,最后女主人说:"小伙子,就让阿卜给你做伴吧!路上你饿了,他会找肉给你吃;迷路了,他会带你

坛嘎朋

找回家。不过，你要千万小心，吃肉要细嚼慢咽，啃骨头千万不要发出响声，最好不吃骨头。晚上睡在大树下，你睡一方，阿卜睡一方。"坛嘎朋不住地点头，表示感谢。

一路上，走过一山又一山，跨过一箐又一箐，坛嘎朋看见阿卜吃肉，把他吓呆了。阿卜只有猫儿那么大，但一次可吃下两只麂子、半头野牛。

有一天，坛嘎朋想啃点儿骨头，就悄悄地拿了一根骨头，啃着啃着，"咔嚓"一声，发出响声。只见阿卜突地一下站起来，变得像青松树那么高大。坛嘎朋连忙解释说："我肚子饿，吃肉吃错了，把骨头当成肉了。"

阿卜听了以后，又慢慢地变小，变成猫儿那么大了。从此，他们只顾往前赶路，一路上一句话也不说。

一天，走到一个地方，阿卜突然讲话了："你要去的地方到了，再见吧！"坛嘎朋连一句感谢的话都没来得及说，阿卜就不见了。坛嘎朋只得自己向前赶路。走了不久，忽然前面出现了谷地、瓜地，还有坛嘎朋自己搭的庄稼棚。坛嘎朋高兴极了，到家了。他再看看，几乎每块地里都有窝棚，南瓜也熟了。坛嘎朋走得又饿又累，歇在窝棚里，就烧南瓜吃。突然，猛朋天神走来，说："好啦，小伙子，到我家去歇歇气吧！"

坛嘎朋说："大爷呀，你家在哪儿？"

猛朋天神说:"跟我走吧,不远了。"

不大一阵工夫,就到了天神家里。走进屋里,看见两个姑娘,天神叫她们"三姑娘""四姑娘"。三姑娘长得瘦长窈窕,四姑娘长得虽不如三姑娘,但她身子结实,宽宽的肩膀,胖胖的脸颊,黑黝黝的面孔,可惜只有一只眼。

猛朋天神竭力夸耀四姑娘,有意把四姑娘嫁给坛嘎朋。坛嘎朋打心里喜欢四姑娘勤劳、能干,想娶四姑娘做妻子。猛朋天神就让坛嘎朋和四姑娘结了婚。

坛嘎朋和四姑娘结婚后,要回家去。临行时,猛朋天神送给他们一个竹筒,并嘱咐他们,一路上千万不能打开。

坛嘎朋夫妻二人走到半路,听到竹筒里发出"嗡、嗡、嗡"的声音,感到十分奇怪,就把竹筒打开,只见一群蜜蜂一只接一只地飞出来,铺天盖地地飞走了。

四姑娘只好说:"你们在树上住,你们在崖上住。"小蜜蜂从此住在树上、住在崖缝里,独龙人要吃蜜,只好到树上、崖缝中去找。

不久,坛嘎朋陪着四姑娘回娘家,他们对猛朋天神讲了蜜蜂的事。临行时,猛朋天神又送给他们一只竹筒,并说:"这个竹筒到了家才能打开。千万记住,要男人打开。"

到了半路,只听得竹筒里发出"哗啦、哗啦"的声音。四姑娘想,专门交代不让女人打开,我偏要打开看看。一打开，四姑娘后来就怀孕生孩子了。原来，天神的意思是让男人怀孕、生孩子的。四姑娘淘气不听话，从此，怀孕、生孩子就是女人的事了。

第三次，坛嘎朋和四姑娘又回到猛朋天神那里。天神发火了，决心什么东西也不再送给他们。四姑娘苦苦哀求，天神说："这回送给你们许多东西，但在你们回去的路上，会发生巨响和震动，这些你们都不要怕，也不要回头看，到了家里，再把这些宝贝收起来。"

坛嘎朋夫妻二人只顾赶路，半路上听到身后发出"啼啼、踏踏"的响声，大地也在震动，真不知身后发生了什么惊天动地的事情。快到家了，声音越来越近，越来越响。他们忍不住转过头来看，只见大批的动物跟在后边，但他们一转头，这些动物都跑了。他们俩赶快动手去抓，四姑娘捉到了鸡、猪、羊，坛嘎朋捉住了牛、马、骡，这就是独龙人后来养的家禽、牲畜。麂子、马鹿、老虎、豹子、野牛、小兔……都跑了，从此变成了野物。

他们很懊悔没有听天神的话。

不久，四姑娘生下一个男孩儿。可长不到十岁，男孩儿死了。坛嘎朋十分着急，还是四姑娘提醒他，到猛朋天神那里要点儿醒药来，救救孩子。

坛嘎朋见到猛朋天神，天神给了他醒药，并说："吃了这药，孩子三天就会醒过来。"

坛嘎朋想要当天就醒的药，猛朋天神催他赶快回家。

坛嘎朋拿着药，急转回家，一路上雨下个不停，药都打湿了。回到家，就给孩子喂了药。就在孩子快醒过来的时候，家中来了伞八掌[1]。他说："天神说了，这孩子不会活了，赶快把他埋了。埋孩子时有猪杀猪，有羊杀羊，没羊也要杀只老母鸡。"就这样，坛嘎朋把孩子埋了。就是因为伞八掌这个恶鬼假传天神的旨令，从此人才有生又有死。从那时起，独龙人死了会杀猪宰羊，吃肉喝酒，和办喜事一样隆重。

陶学良　陶立璠　搜集整理

---

[1] 伞八掌：当地传说中最瘦的丧葬鬼。

小乌热找阿妈

很多年以前，在兴安岭的一座山脚下，住着一对年轻夫妻。丈夫名叫阿拉殿，很英武。妻子名叫岸楚烂，很贤惠。夫妻俩常年在深山老林里狩猎，过着恩爱幸福的生活。妻子已经有孕九个月，快要生宝贝了。

有一天，丈夫带上弓箭，骑上猎马，要去出猎。可马就是原地不动，他回头一看，原来是妻子拽住了马尾巴。阿拉殿问妻子："我的岸楚烂，你为啥拽住马尾巴，不叫我出猎呀？"

妻子说："我昨天夜里做了一个噩梦，总是觉得心里不安，我看你今天还是别去出猎了！"

阿拉殿说："我心爱的岸楚烂，你不要这样胆小，有什么可怕的？"

阿拉殿说完，再一次回头跟妻子告别，就骑着马走了。

妻子目送着丈夫，直到丈夫走进密林里去，看不见了，才回到自己的撮罗子[1]里。她心里总是像有什么事似的，真是站也站不住，坐也坐不安。

北部天边有个魔鬼，他在那里摇身一变，变成一只特别大的老雕。这只老雕飞到了岸楚烂住的撮罗子跟前，落在一棵黑桦树上，指名道姓地叫着："岸楚烂呀，岸楚烂！你快出来，快跟我上北天去享福！"

岸楚烂见是一只凶猛的老雕，便拿起弓箭，一箭射去。老雕一躲，没有射中。老雕气急败坏，从黑桦树上一下子冲过来，张嘴叼起岸楚烂飞上了天空，一直往北飞去。

岸楚烂在天空中往地上一看，她看到了自己的丈夫，正骑着猎马追撵野兽。岸楚烂掉下了眼泪，她对着亲人唱道：

> 亲人哪，亲人！
> 我被魔鬼抢走了，
> 咱俩啥时才能团圆？
> 亲人哪，亲人！
> 我一定给你生下后代，
> 叫他长大为咱报仇冤！

---

[1] 撮罗子：当地人住的简陋窝棚。

岸楚烂边唱边掉眼泪。阿拉殿骑着猎马,心里也觉着不安。他隐隐约约听到头顶上好像有人在哭诉,就抬头往天上看去,岸楚烂的两滴眼泪,正好掉在他的脸上。他看到老雕叼着自己的妻子在天上飞,恨不得一箭把老雕射下来。阿拉殿马上搭箭拽弓,对准天空中的老雕射去,正好射中了老雕的肚子。但因为老雕飞得高,阿拉殿一箭射上去,没有把老雕的肚子射穿,只是破了肉皮。老雕冷不丁觉得痛了一下,一张嘴,松开了岸楚烂。岸楚烂从天上掉下来了,丈夫看着从天上往下掉的妻子,赶忙撩起狍皮衣接着,好让妻子掉在自己的狍皮衣上,免得掉在地上摔死。眼看妻子快掉到自己头顶上来了,老雕也跟着飞了下来,一口叼上岸楚烂,又往高空飞去。

阿拉殿眼看着自己的亲人被魔鬼抢走了,他好像被撕碎了肝胆,向着北天高喊一声:"我对不起你呀,我的岸楚烂!"

老雕叼着岸楚烂,拼命地往天边飞。岸楚烂说:"我要到地上生孩子!"老雕没有办法,只好落在地上。

岸楚烂在一棵大松树下,生下了一个小男孩儿,给他起名叫乌热。她亲着儿子的圆脸蛋说:"小乌热啊,我的宝贝!你要记住阿妈的仇和冤!阿妈盼你快快长大,把天下的魔鬼全部杀光,给阿妈报仇!"

岸楚烂正和儿子说着话，凶狠的老雕，又一口叼起她，飞上了天。老雕把她叼到魔鬼窝里去了，岸楚烂在魔鬼窝里受尽了折磨。

再说小乌热生下来之后，他哇哇的哭声惊动了天神。天神就派小金鹿来跟小乌热做伴，喂养小乌热。小乌热饿了，小金鹿就从山上衔来灵芝草，给小乌热吃；小乌热要是渴了，小金鹿就从山上引来山泉水，让小乌热喝。小乌热吃着灵芝草，眼看着天天往高长；小乌热喝着山泉水，长得又结实又水灵。转眼之间，小乌热长到九岁了。小金鹿说："小乌热，你已经长大了，该给你阿妈报仇去了，让我们再见吧！"小乌热听了小金鹿的话，感动地说："小金鹿姐姐，你待我太好了！你是我的恩人，我永远也忘不了你的恩情！"小乌热说着，眼里掉下了两颗泪珠。他擦了擦眼泪，抬头一看，小金鹿已经不见了。

小乌热攥紧拳头说："我就是死，也要找到阿妈的下落，给我阿妈报仇！"他一个人走下山来，自言自语地说："这报仇的路该怎么走呢？"他正想不出办法，路边的老松树说话了。老松树一动一动地说："小乌热，莫发愁！这报仇的路怎么走，让我来告诉你。你趁太阳还没出来的时候，就开始往东走，走五十里路，有一座高山，在高山顶上，有一个大铁架子，在大铁架子顶上，有一间房子，房子里的墙上，挂着好多马嚼子、马笼头、马鞍子、马鞭子，还挂着好多弓箭。你到铁架子顶上的那间房子里，取下你所需要的东西，才能去给你阿妈报仇。不过你要小心，在山脚下有一个吃人的大黑熊，围着这座山来回转。你必须要有胆量把黑熊打死，然后向着山顶上高喊：'乌热到了！乌热到了！'喊完，上边房子里会'哗啦啦'送下来一条铁链子，你就抓住铁链子往上攀，一直攀到房子里面。你把墙上挂着的东西全部拿下来，挨个儿试试。要是一拉就坏，那就不是你的；要是拉不坏的，那就是给你用的。"

小乌热听到这里，着急地问老松树爷爷："老松树爷爷，我在这间房子里挑选出我的东西以后，没有马怎么办呀？"

老松树爷爷说："我告诉你，你拿到这些东西后，再往东走五十里，就到了多布库尔河畔。在多布库尔河畔，有一群马。你把马笼头往马群里一扔，哪匹马被马笼头套住，哪匹马就是你的。你骑上它往北走，去救你阿妈。"

小乌热听完老松树爷爷的话，心里特别激动，他跪在老松树下说："老松树爷爷，您是我的恩人！我一定按照您的指点，射死魔鬼，救出我阿妈！"

第二天，小乌热趁太阳还没出来的时候，就往东走，他一口气走了五十里路，来到那座山的山脚下。在山脚下，果然有一个大个儿的黑熊。大黑熊扑上来要吃掉小乌热，小乌

小乌热找阿妈

热就跟黑熊摔打起来。他们从早晨摔到太阳落山，又从太阳落山摔到第二天太阳从东方升起，小乌热有点儿招架不住了。他一不提防就被大黑熊摔倒在地，黑熊一屁股坐在他的身上，张开嘴要吃他。这时候，他想起了小金鹿姐姐跟他告别时说的话，想起了阿妈还在魔鬼窝里受煎熬，顿时运足了气，一鼓肚子，来了个鲤鱼打挺，一下子把个八百多斤重的大黑熊，摔到五步开外去了。只见他飞身骑在大黑熊的身上，抡起拳头，猛击大黑熊的胸脯，把个大黑熊打死了。

打死黑熊以后，他就站在山脚下，仰脸向山顶上高声喊道："乌热到了，乌热到了！"他这一喊，果真从那房子里"哗啦啦"放下来一条铁链子。

小乌热双手抓住铁链子，"嗖嗖嗖"地攀到那间房子里，他到房子里站定一看：房子里挂满了马嚼子、马笼头、马鞍子、马鞭子，还有不少的弓箭。小乌热顺手拿起一把弓，一拉弓就拉断了，又拿起一把又拉断了。这样，他把全屋里的弓都拉断了，就剩下最后一把弓了。他伸手拿起弓，用劲儿一拉，没有拉断，他高兴地叫道："啊！这是我小乌热的弓箭！"他又用同样的办法，挑选了马嚼子、马笼头、马鞭子、马鞍子，然后扛起这些东西，双手抓住铁链子下山了。

小乌热扛着东西，来到了多布库尔河畔，看到了马群。这马群里的匹匹猎马，都活蹦乱跳，"咴咴"直叫。他抓住一匹，一骑，马腰就"咔嚓"一声，被他骑折了。他又骑上一匹，马腰又"咔嚓"一声，被他骑折了。他骑了好多匹马，都是这样。他只好把马笼头向马群里扔去了，有一匹小马驹被套进了马笼头里边。小乌热一看，这是一匹小马驹，他舍不得骑，就牵着他走。走一步，他回头看一看，小马驹比刚才长高了一半；走两步，他回头看一看，小马驹变成了高头大马，膘肥腰圆；走三步，他又回过头来看一看，只见这马鬃、马尾长得很不一般；走四步，他又回过头来看一看，这枣红色的高头大马，就像是一团火。小乌热骑上了这匹高头大马，马跑起来像离弦的箭那么快，一眨眼的工夫，就跑出一百里路远。

在路上，小乌热遇到了一个老太婆。这个老太婆在做针线活儿。他下马向老太婆施了一个礼，说："老奶奶，我想在你这里吃点儿饭行吗？"

老太婆问："你是干什么的？"

小乌热说："我是去给我阿妈报仇的。"

老太婆说："我的锅里有一锅饭，你要是能吃下这锅饭，就能给你阿妈报仇。你要是吃不下这锅饭，那不但报不了仇，就连你的生命也会有危险。"

小乌热听了，对老太婆说："多谢老奶奶的指教，俺能吃下这锅饭！"说完，他就呼噜呼噜地把这锅饭吃下去了。

然后,他又施一礼,告别了老奶奶,骑上高头大马,往北奔去。

小乌热走着走着,面前突然出现了一个魔鬼,拦住了去路。这个魔鬼青面獠牙,浑身上下都长着长长的鬼毛。魔鬼站在小乌热的面前说:"不大点儿的小乌热,你想从我这里过去,没那么容易,我要把你摔死!"小乌热气愤地说:"别看我小,我可不怕你!你要比摔跤?好吧!"就这样,小乌热跟魔鬼摔起跤来。噼哩扑棱地摔了一整夜,小乌热终于把魔鬼摔了个稀巴烂。

小乌热又骑上马,继续往北走。走着走着,马儿突然说话了:"小乌热,我告诉你,前边离魔鬼窝不远的地方,有两个魔鬼。这两个魔鬼已在路旁为你大摆酒宴,想把你灌醉,然后再吃掉你。到那时你接过酒杯,把酒杯端到你的嘴边,但是,你千万不能喝他们的酒,你要把酒悄悄倒在我的四只蹄子上。"

走了一会儿,果然看到路旁有两个魔鬼为小乌热大摆酒宴。小乌热接过酒杯,端到嘴边一比画,然后就把酒倒在了马蹄子上。说也奇怪,小乌热刚把酒倒掉,两个魔鬼就化成了一缕青烟飘走了。小乌热立刻搭箭拽弓,对准那缕青烟射去。只听那缕青烟"嗷"的一声,两个魔鬼被射死了。

小乌热说:"马儿呀,你真是我的恩人呀!你说的办法真灵！"

马儿说："前边就是魔鬼窝，你要用箭射死所有的魔鬼，才能把你阿妈救出来。"

在前边的一个山洞里，跑出来一群大大小小的魔鬼，一个个张牙舞爪的，要来吃小乌热。

小乌热搭箭拽弓，一箭一个，把所有的魔鬼都射死了，终于在魔鬼窝里救出了受苦受难的阿妈。

阿妈抱着儿子的头，大哭一场。小乌热说："阿妈，别哭了！我把所有的魔鬼都射死了，咱们找我阿爸去吧。"

母子俩骑上马，一眨眼来到了一片原始森林里，找到了小乌热的阿爸。全家又团圆了，过上了舒心的狩猎生活。

王朝阳　搜集整理

绰绰

有这么一帮猎手，进山攒貂皮。

猎手们赶着驮子，正当十月"五花山"以后上去的，冬至月才下来，攒了不少毛管丰满的紫貂皮。

就在猎人们想拔锅起灶、收拾东西回家的前几夜，每到黑天，总有一只老虎，在猎手们住的草撮罗外头，整宿整宿地闹腾，一直闹到东方发白，才肯离去。

这天晚上，那只老虎又来了。大伙把自己戴的帽子，一顶接一顶地扔到外头去了，看谁的帽子让老虎抓走，就让他自己留下来，等着去喂"山神"（老虎）。

可算盼到天亮了，猎手们到外头，一个个都把自己的帽子捡了回来，只有拿锅做饭的那个绰绰[1]的帽子，叫老虎叼走啦。

"绰绰啊，你是老虎的一口肉，唉，只好把你留下吧！"

---

[1] 绰绰：当地对男性少年或青年常用的称谓，相当于汉语里的"小子"或"小伙子"。

老把头说完，扔下几把米，留一口吊锅子，然后领着一帮猎人，满装满载地赶起驮子下山了。

别人都走了，只剩下绰绰自己，留在深山老林里。晚上，天刚擦黑，他连饭也没顾上吃，就拎把斧子，走出撮罗，爬上了树顶。

星星刚出全，就听呜呜一阵风响，老虎又来了。它围着撮罗前边的老椴树，转悠转悠，走了老半天，也没有伤害绰绰的意思。直到天亮以前，它一直蹲在那儿，望着绰绰直掉眼泪。又过了一会儿，东方放亮了，只见那老虎猛地一蹿，不偏不歪，正好把老虎脑袋夹在树卡巴上啦，挂得死死的，上又上不来，下又下不去。这时，绰绰赶忙爬下树，也顾不得害怕了，连忙使小斧子咣咣几下，砍断那大树卡巴，只听"扑通"一声，老虎就掉在地上连纵几纵，钻进林子里去了。

第二天晚上，草撮罗里来个老头儿，慈眉笑眼，满腮银白胡子，一进门就问道："他们都走啦？"

"是啊。这还有几把米，收拾点儿饭吃吧！"说着，绰绰就上外边抱回几块木头，拢上一堆火，麻麻利利打点些粗米饭，和老头儿一块吃完，就留他住下了。老头儿一边烤着火，一边跟绰绰说："明天你在家做饭，我给你揎皮子去。"

神秘的 泉水

第二天傍晚,老头儿回来了,皮袋里揣得鼓鼓溜溜,往外一掏,一只一只全是软颤颤的紫貂。老头儿笑呵呵地说:"绰绰,快剥吧!"

绰绰乐得没法说。他早就熬好米汤,又打点老头儿吃饭。这夜,老头儿还是留在草撮罗里没走,只是总不肯睡下,只是烤火,一直到天亮才说:"肉也没了吧?等着,我给你取肉去。"

说着,老头儿就走了。傍晚,老头儿扛回一头大马鹿,怀里揣的满是貂皮筒子。

说话之间,就过去二十多天了。不久,下过头场小雪,树叶全脱净了。这一天,老头儿跟绰绰说:"小子!这回你得下山啦。"

说完,老头儿和绰绰一齐动手,把柞木杠架用鹿油炸了炸,钉一架又光又滑的小爬犁,把皮子、肉装好,绰绰就要下山了。临走,老头儿嘱咐他说:"我要走啦!过年你再来,带个红门帘儿,再捎个'扁扁角'的就行啦。"

刚说完,不知怎的,老头儿立刻就不见了。

绰绰满载下山,到家一看,他媳妇穿着孝服,以为他早就喂老虎啦。本屯人见他回来,都说:"绰绰真是好心感动天和地,他是世上少有的莫日根啊!"

转年冬天,好心的绰绰又搭伙进山攉貂皮。他说话算话，以实为实，真的给老头儿带去一块大红布帘子，还带上了一头扁扁角的肥山羊。

马名超　搜集整理

蛤蟆吞鱼子

有一只蛤蟆，和一只耗子住邻居。他俩是一双挺要好的朋友，耗子总一口一口地管蛤蟆叫"大哥"。

这年，江边上闹饥荒，他俩也断了吃食，肚皮都饿抽抽了。实在忍不住，他俩商量商量，就到一家鱼楼[1]，想偷秋天贮藏在那里的麻哈鱼子吃。

蛤蟆来到木刻楞鱼楼底下，使劲窜了几窜，跌了几跌，怎么也蹦不上去。只见耗子一纵身，便顺着圆木夹缝儿，一点儿不费力地钻进鱼楼里去了。耗子一瞅，楼里摆满桦皮桶，里边装的全是圆鼓溜溜山樱桃似的麻哈鱼子，整个鱼楼子都弥漫着香味儿。耗子坐在鱼子堆里，大吃大嚼，直到把肚皮撑得溜圆溜圆，才叼出一粒鱼子，扔给鱼楼底下的蛤蟆，说道："给你！先使嘴含着，不许咽进肚里。我老半天才找到这么一颗，留好我俩回去分着吃。"

---

[1] 鱼楼：当地专用来贮存鱼干、鱼子、兽肉的仓库。

神秘的泉水

蛤蟆应声说："是喽。"蛤蟆把鱼子含着、含着，嘴里溢满了口水，一不小心，鱼子滚进肚里去了，蛤蟆心里好生后悔哩。

耗子的肚皮都快胀裂了，才慢慢爬下鱼楼。一看，他扔下的那颗鱼子，让蛤蟆咽下肚去了，气得抓耳挠腮，暗自寻思：这个不守信义的家伙，我非找空子调理调理他不可！耗子对蛤蟆说："吃完了鱼子，口太渴，我领你到江边喝水去吧。"

蛤蟆答应一声，就一颠一颠地随耗子去了。

刚刚入冬，江面冻结一层明冰，溜光锃亮的。他俩来到一道清沟，里边哗哗流着水。耗子让蛤蟆上了清沟边上的跳板，让他先喝个饱。蛤蟆喝完，刚要往回走，耗子猛地把跳板一翻，不偏不歪，正好平平地压在蛤蟆脊背上。耗子登上跳板，猛力一踩，把蛤蟆刚吞进肚里的那颗鱼子，连水一起，嗤地一下像打喷枪似的都压窜到明冰上了。那耗子赶过去，拼命把吐出来的鱼子舔进肚里，然后捧着凸胀的肚皮，兴高采烈地溜走了。

蛤蟆空着肚子，正从江边往家走，半路上，遇着一只四不像。蛤蟆就说："我们俩比赛吧，看谁跑得快。"

又高又大的四不像一瞧，心里话：凭他那么个小不点儿，还敢跟我比试？就漫不经心地说："你说，怎么个赛法吧？"

"跑到对面桦树林子，谁先到谁算赢，谁输了就自己气死。"

四不像说声"好吧"，还没等他收拢话音，蛤蟆趁他不在意，悄悄一窜，轻轻地落在四不像的脑瓜顶上，双手拽住两只犄角，在那儿纹丝不动了。四不像一看蛤蟆没了，就撒开四蹄，一直朝着对面大桦树林子，箭似的飞跑过去。等他跑到指定的地点，再找蛤蟆，蛤蟆已不慌不忙地跳下地，提前一步等候在那里了。四不像见蛤蟆先到了，就一头撞在大青石上，硬生生气死了。

蛤蟆搭了一座又高又大的鱼楼子，饱饱地吃了一顿，又把剩下来的肉，都装进楼里，然后腆起肚皮，打着响鼻儿，在刚搭起的鱼楼里睡下了。

可是，那贪吃鱼子的耗子，却绞肠刮肚地腹痛起来。原来，他患上了致命的"绞肠痧"。耗子忍无可忍，又想起了他的好朋友，就一瘸一拐地来找蛤蟆给他治病。他到蛤蟆洞一摸，冰凉冰凉的，四周结满了霜雪，知道他没回来，便去问乌鸦。乌鸦说："哈！这回他可得着好吃的啦，还搭起一座又高又大的塔古通[1]，装的肉山肉海，你快去找他吧。"

---

[1] 塔古通：有柱脚的楼子。

耗子就一歪一斜地去找蛤蟆。找了老半天,才算找到,就哀告蛤蟆给他治肚子疼病。蛤蟆可怜他,找来了乌鸦萨满。乌鸦一边跳神,一边唱道:

嘎嘎啊——嘎嘎啊——
贪吃的耗子真该杀!
嘎嘎啊——嘎嘎啊——
偷嘴吃的家伙该使板子压!
你闹的不是天病,也不是地病,
都怪你得的是欺心病,
想害朋友,末了害起自家!

乌鸦走了,蛤蟆又来找喜鹊萨满。喜鹊也跳起神来,唱道:

沙沙啊——沙沙啊——
贪心的耗子实在该杀!
沙沙啊——沙沙啊——
偷嘴吃的耗子就该用板子压!
都怪你患上黑心病,
你闹的不是神病,也不是鬼病,

想坏别人，到头坏到自己身上啦！

还没等喜鹊萨满唱完，耗子连着抽搐了几下，弓着肚子，硬是疼死在江岸上了。

马名超　搜集整理

皮休嘎木和他的儿子

皮休嘎木是一位有名的工匠。

皮休嘎木有个儿子，他向父亲学手艺。他刚学到了一点儿手艺就满足了，觉得自己有了很大的本事，就骄傲起来，不想再继续学下去了。

有一天，皮休嘎木对儿子说："这样吧，我们父子两人各自做一对飞翼，我们驾着飞翼飞到天上去，看谁升得高、又能降得下，好么？"

不等父亲说完，儿子就回答："好，比比看。"

飞翼做好了。父子俩各驾着自己做的飞翼腾空而上，简直像两只高翔的白鹤一样。

儿子飞得确实比父亲还高，在天上哈哈大笑，十分得意。

开始下降了，皮休嘎木把安装木羽的木钉摘下一个，降落一段；摘下一个，降落一段……木钉不断地减少，皮休嘎木慢慢地降落，终于安稳地降到了地面上。

可是，儿子在天上，转来转去，怎么也降不下来。眼看

神秘的泉水

着父亲降到了地面上，他真的着急了，心慌意乱，不知怎么办才好。他手忙脚乱地一下子拔掉了双翼，身体像一块石头一样从天上落了下来，结果摔死在地面上。

所以，当地有俗语说："做事不懂要问父亲，走路不快要寻骏马。"

于乃昌　整理

智勇双全的两兄弟

从前，在德根地区，出了一对智勇双全的兄弟，哥哥叫马宁，弟弟叫马卓。他们很有本领，能上天入地。他们刚会走路，就钻入地下去了。走了不远，弯下来的竹子挡住了他们的去路。他们想，这些竹子做弓箭多好呀，便拿出刀来砍。这时，突然走出两个孩子来阻拦，瞪大眼睛说："竹子是我们的，不准砍！"他们再也没法前进，只好从地下出来上天。上天没走多远，又有竹子挡住他们的路，他们又拿出刀来准备砍，同样又有两个孩子阻拦说："竹子是我们的，不准砍！"没有办法，兄弟俩只好住手。

兄弟俩十分生气，便去问东英阿奶[1]该怎么办。东英阿奶告诉他们说："地下的乌尤达杜和天上的奥洛木达甘木是恶魔，给他们送些鸡就可以砍了。"兄弟俩听了东英阿奶的话，就给天送了一百只鸡，给地送了四十只鸡，然后再

---
[1] 东英阿奶：珞巴语音译，意为"太阳"。在珞巴族神话中，太阳为女性，故名。

去砍竹,果然没有小孩儿出来阻拦了。他们从地下砍了一根竹,用竹尾做成箭,用竹中间做成箭筒,用竹梢做成弓,配成一副好弓箭。他们又到天上砍了一根竹子,同样做成一副弓箭。两副弓箭,兄弟俩各用一副。

兄弟俩背着弓箭,到了地下的金尼马崩让村,杀了乌尤达杜。接着,兄弟俩又到了天上的波罗马崩让村,杀了奥洛木达甘木。

马宁、马卓兄弟俩杀了乌尤达杜和奥洛木达甘木,成为远近闻名的英雄。有一天,他们见到一对小兄弟在哭泣,十分同情,便问他们哭什么。小兄弟俩说,他们的父母亲被两个大老雕抓走吃掉了。那老雕张开翅膀,比房子还大。马宁、马卓听了,决心为这两个小兄弟报仇,杀掉老雕。

两个老雕的窝,就在河对岸山腰的大石洞里。为了进入石洞,他们接上一百条藤索,先荡到对岸的石洞边,再下到石洞。兄弟俩看到,老雕窝里只有两只小雕,大老雕还没有回来。他们又朝洞里四周一看,到处都是人骨和牛马骨,知道这老雕十分凶残,便烧着火,把箭头烧红,准备射杀老雕。过了一会儿,母老雕一个爪子抓着五头牛,另一个爪子抓了十头牛直向山洞飞来。马宁、马卓各把烧红的箭射去,正中母雕的心脏。母雕身子摇晃几下,就掉到了大河里。又过了一会儿,公雕抓着五个妇女和五个儿童,向山洞飞来。

神秘的泉水

他们又把烧红的箭射去，正射中公雕的心脏。公雕摇晃了几下后，又同样掉进大河里。

当他们把两个老雕射死后，当地的人见德根地区竟然有这样勇敢的人，感到了巨大的威胁，想把他们害死，便把那一百条藤索砍断，好让他们爬不上来，困死在洞里。兄弟俩见没法上去，便想脱身飞过大河。他们计划在石洞里喂养两个小雕，养大后骑着小雕飞过大河。他们在洞里住了许久，小雕渐渐长大，生出了丰满的羽毛，能飞得起来了。兄弟俩便在那较小的雕身上绑上同自己体重相当的木头，看看小雕能不能飞到对岸。那小雕飞呀飞，飞了许久，刚飞到对岸就飞不动了。兄弟俩见这较小的雕都能勉强飞过河，那个大的就更不成问题了。两人便坐在大雕的背上逃出了山洞，终于飞到河对岸。

在回德根地区的路上，他们打到许多当工鸟（一种野鸡），送给天上的东英阿奶，以感谢她的帮助。东英阿奶告诉他们，在鸟的嗉子里有些野草籽，取出来撒在山崖上，长出来的藤蔓，就是很好的染料。兄弟俩听了东英阿奶的话，按照她盼咐的去做，结果在德根地区长出无数的染草。这些染草晒干后，可以换回盐巴和氆氇，为德根人带来了幸福。

刘芳贤　李坚尚　搜集整理